商周出版

那些我在旅途中
體悟的人生真義

不只是旅行

黃國華

序

出發吧！到你最想去的地方找人生答案

《百年孤寂》書中的最大主題是「命運」，而馬奎斯在文中用了許多次「下雨」的場面，用下雨來鋪陳出命運改變或命運的無法改變，書中的主要故事地點馬康多地區過長的雨季、乖張的命運與呆滯的時間停頓，「下雨」在馬奎斯的心中一如「旅行」在我心中的分量。「再忙都要去旅行」這句話說得有些矯情並帶點敗家之任性，我總是夢想著拋開俗事去環遊世界、去遊歷那些神遊已久卻遲遲未能造訪的心中夢殿，即便悠閒如現在的我，也一直無法去看那條想到就會心跳加快的多瑙河，更沒有太長的時間去完成我心中的終極旅程——到希臘Long Stay。

我經常有個夢想那就是帶著九十九本書，登上一座熱帶島嶼並住上九十九天，九十九天後帶回一百本書回家，那第一百本書正是自己的心血。或許可以轉換成活生生的文字與編排並出版成冊，擺在書店的無人角落供書蟲長年啃食；或許第一百本不過是滿滿的飽足記憶；或許那第一百本書是將人生重整成一頁頁的Ａ４空白紙，回家後慢慢用生命一張一張重新撰寫。

你有天天旅行的心情嗎？天天經過的角落轉彎巷弄處、經常讓你咖啡因中毒的那家咖啡廳、每天經過的橋梁，我相信大家都不曾用旅行的心情去重新看待它們。巷弄轉彎處的水果攤透露著四季的祕密，咖啡廳的不起眼角落或許坐著下一個即將走紅的J. K.羅琳，那座橋梁上的燈光變化你仔細看過嗎？每天塞車塞在其中的橋梁，你看過它清晨的模樣嗎？你願不願意提早兩個小時起床，離開都市到三十公里遠的海邊，去看一下漁火與大海的美麗邂逅？

這些好像都是美麗的空話，打打嘴炮並刻畫一點詩意的文字意境，旅行的目地是什麼？先別急著找出答案，旅行不是基測、大考，不是考績與成果發表，何苦急著找尋答案！你可以先去回憶生命中幾次重要的、印象深刻的旅行，深刻之處不在於旅行的地點與過程，而是一趟旅行前後的人生，出發前回家後的你又經歷了什麼變化？

旅行本身似乎可以幫你跨越某道關卡，或從此築起你的人生一面面的新窗櫺，甚或打破內心一道道僵固的巨牆，也有可能讓人宿命地認清自己的定位與生命的質量，這點滴的改變過程細微且沉靜，藉由旅行的空間轉換心情而去察覺到自己的改變。

二〇〇二年冬天，我終於（也可以說是任性）遞出了人生最重要的一張辭呈，我告別了金融業，告別了朝九晚五的職場生涯，告別了人人稱羨的頭銜和獎金，告別了仰仗資本家鼻息的生活，告別了用健康換取穩定卻不對等的工作型態，告別了熟悉的世界，告別了舊日所有的價值觀。

那一天，我抱著紙箱，不知下一步要往哪裡走，雖然是自願離職，但面對奮鬥多年的辦公室與同事，我依然帶著不捨離開。離開後帶著恐懼回家，回家後沒有太多喜悅。離開那張有名片的位置後，我的手機足足有一個月未曾響起，人情冷暖的道理早已想透，但不實際經歷過那樣的人情冰冷，的確也無法得到人生的大智大慧。不過，比別人幸運一點的是，自己沒有多大的財富壓力，過去那個朝九晚五給了我八位數的人生厚度，讓我有時間思索人生下一條路的入口，但是即便如此，當如同陀螺轉個不停的人生戛然停止那一瞬間，握在手上那條繩索不再運轉的當下，彷彿人生遭到掏空似的。投資可以保持觀望維持空手，但是人生卻很難面對空轉。

我茫然了！即便有八位數的財富做後盾，都會由心中透出一股難以抵擋的寒意，當時我很想找答案，於是我去找了一位智者，他告訴我：

「去你最想去的地方找人生答案！」

「可是我什麼地方都沒有勁兒去！」

「你總有最想要去旅行的地方吧！總有嚮往多年的目標吧！」

「有！」

「那就立刻去吧！」

我帶著狐疑的心回家，幾天後我用半信半疑的態度飛到我心儀多年的地方——日本的日光。

到了日光的第一個午後，我的心思依舊在於自己的茫然前途，要不要去找工作？（那我辭掉原來工作的用意呢？）要不要做個小生意（我除了投資以外什麼都不會啊！）莫非我要眼睜睜任自己與家人坐吃山空嗎？……

午後三點傳來神社的鐘聲，一陣聽起來令我平靜的鐘聲，於是我循著鐘聲往上走著，看到了一座神社：二荒山神社。

人在內心空虛時似乎特別能接納各種宗教，從前的我只是把日本神社當成外國的神祇，不會有特別的想法，然而二〇〇二年的冬天，我不由自主跟著參拜起來。走到拜殿前，將手邊的東西放置腳邊後，向拜殿行禮，登上拜殿的台階，走近賽錢箱，將香油錢丟擲進箱中；一般來說，都是投擲日幣五圓或五十圓（取五圓和ご縁〔ごえん，Goen〕同音，以祈求與神結緣的意思）。擲香油錢的動作不單純只是獻上金錢，而是透過丟擲硬幣造成的聲響，讓神明知道你前來參拜，丟完香油錢後，我會去拉一下拜殿上的鈴鐺繩索，這個動作的意義同樣也是讓神明曉得你來參拜。

我跟著日本人雙手張開拍手兩下，拍完手後合掌低頭，請神明庇祐自己，並且對神明在心中說出自己接下來還會如何努力，向神明參拜完後要再深深鞠躬一次，並且倒退著離

開拜殿後才能轉身離去，不過，這裡的參拜與咱們的許願不一樣，日本的神不讓人許願的，但是如果像我一樣有人生困惑與困境的人該怎麼辦呢？

日本人和台灣人一樣喜歡求個籤與買御守。

在日光的二荒山神社參拜完之後，我看到一旁的社務所有個提供抽籤的地方，我忘了當時的籤到底是棒狀還是那種摺疊小紙條狀，在鐘聲洗禮下毫無雜念的心默念著：「這裡是我喜歡的地方，我想在我喜歡的地方找尋人生的指引！」付了錢後抽了一張籤，籤上到底是「吉」還是「凶」，我已經不記得了，雖然籤紙上面一堆看不懂的片假名與和式漢字，然而我卻看得懂其中的幾個字：「智の力」。

這三個字如電流般刺醒了我，我站在二荒山神社的拜殿前，揑著這三個字的籤語和御守，佇立許久許久，直到雪花飄下，我的臉龐終於露出大半年來難得的笑容，我告訴我太太，終於找到自己了，既然我沒有人際關係可以鑽營，也沒有偌大家產可以揮霍做生意，更不想回職場面對過勞死的夢靨……，其實我原來就擁有知識，原來我擁有與眾不同對經濟景氣的敏銳觸角，原來我還擁有在各個不同金融市場歷練過的經驗，我何不把這些東西，經過更謙卑的學習，內化成無比的力量與謀生之道呢？

「到你最想去的地方找人生答案！」

感謝那位智者告訴了我這句話，讓我到一個從來沒去過的異國宗教殿堂求得了下一個人生奮鬥的方向。

多年後的冬天，我再度到二荒山神社，拉了拉繩索鈴鐺，雙手合掌低頭告訴神明：「我有按照旨意去努力，謝謝神明在那一個失落的下雪冬天，給了我難能可貴的啟示。」

旅行的目的在於轉換人生即將面對的下一個改變，當想藉由什麼旅行開始不同的人生時，自踏出旅程的那一天起，就是改變的開始，而旅行的目的地到底是哪裡呢？當旅人填滿了遊歷的喜悅、放空不堪的身軀後，終點就是回家！

這不只是一本旅行遊記，也是我離開金融界蛻變成為專職作家、整個人生大逆轉的完整心路歷程，不僅可以讀到我對於旅行與人生的看法，也能從中證悟投資與人生的道理，是我在醞釀二〇一二年更重要的創作之前，獻給讀者一份思考自己生命的禮物。

感謝：旅途上一路相伴、親情永繫的家人，還有邱秋美、黃紹博、簡惠文、楊詠能、楊浤霖、邱月美、王品喆、戴卓玫這幾位朋友的協助，讓本書得以順利出版，以及最重要的、手中捧著這本書的你／妳，記得坐而讀不如起而行，也去旅行並追尋你的人生夢想吧！

CONTENTS

D級 便宜大碗的奇特旅店

第2篇 樂遊＊B咖景點

第3篇 徜徉＊私房自遊六景

CONTENTS

第4篇 領略＊藝術的殿堂

第5篇 自在＊開車遊日本

第1篇

醉心*18間頂級風呂

A01

究極之宿

長崎
雲仙溫泉
半水盧

波蘭當代作家奧爾嘉．朵卡萩說道：「我們每個人都有兩幢房子，一幢是具體的，被安置在時間和空間裡；另一幢是不具體的，沒有固定地址。我們是同時生活在兩幢房子裡。」

對我與我的家人而言，另一幢房子是旅程中所住過的旅館。許多旅行的細節早已都不記得了，留給我的是那些在眼前流轉的景點中，某個模糊不清的破碎記憶。旅人在積聚種種旅行點滴時，多半只能在記憶的邊界中抓住一些亮點，對我而言，旅行的亮點正是旅館本身。

如果將閱讀看成是給大腦的一種飲食，那麼，旅行就可以看成是一種給身心靈的飲食。日式溫泉旅館更可以看成是一種飲食，因為她本身就附帶著一泊二食。旅館對我來說，像是閱讀一樣無可救藥的耽溺，當踏進旅館大門與房間門口的那一瞬間，那股期待、不安與陌生所雜陳的百味，也如無可救藥的耽溺癮頭。漸漸地，旅館在我的旅行中，從下榻的落腳處，一躍成為旅行的主角，而今，旅館往往成為我旅行中的唯一目的。

住旅館有四種目的：一是為了與檯面下的親密友人進行各種體液的交換、二是為了出差商務訪友探親、三是旅行團的下榻、四是自遊者的遊戲。

雖然旅行團也會安排許多優質的和式風呂旅館，然而自遊者與跟團之間的最大差別在於「緩慢」，我喜歡在下午三點甚至於更早就入宿，第二天會延到十點才退房，這是我的「十八哲學」——找一家頂級旅館，用緩慢的步調足足體驗她十八個小時，然而一天當中的其他六個小時呢？

剩下的六個小時只用來趕赴下一個自遊者天堂。除了旅館外，其實不需要

再安排景點。這一切的一切想法，都來自於九州長崎雲仙溫泉的「半水盧旅店」。

十多年來三十餘次的日本行，住過四、五十家溫泉旅館，北從北海道的知床，南到九州鹿兒島的櫻島，總算讓我尋覓到「究極」的旅館。在半水盧那短短十八個小時，我捨不得入睡，捨不得發出太多聲音，連清晨起個大早穿起浴衣的時候，都小心翼翼，就怕發出任何聲響，打擾了罕見的寧靜。

一個旅人唯有在多年後回味自己的旅程時，方能沉澱出旅程中幸福的點滴輪廓，因此，我通常不喜歡在旅程結束的當下便立即記錄心境，不論是驚豔的狂喜，還是抱怨的鬱悶。在九州角落的這間「半水盧旅店」經得起自己的冷靜回憶，因為，我愛死了這間永遠的心中第一名旅館，她取代了巴里島的四季、民丹島的Banyan Tree，巴拉望的Amanpuri、日光離宮、秋保溫泉佐勘。

這間半水盧到底有什麼特點？

多數人都享受過東南亞的villa，但日式的villa應該就罕見了，半水盧正是一幢和式villa，一般的東南亞villa強調獨門獨棟，擁有獨立庭院與空間，但在半水盧裡頭，這都不過是硬體基本設備，因為她克服了東南亞villa的缺點。住在獨棟的villa最怕刮風下雨，畢竟，再怎麼低調的旅客，總得走出房間吃頓飯或散散步，因此若碰到刮風下雨就十分掃興。然而，半水盧竟然克服了這個問題，她將僅有的十四棟villa與大廳、露天溫泉、圖書室之間，挖通地下走道串連起來，所以即便很不幸地在颱風天時下榻，也可以無需任何雨具就在旅館房間與各種設施之間穿梭。

旅館內所有建築物均以純粹的和式工法建築而成，這是和東南亞villa的另一點不同。

半水盧光是散步步道就有六千坪，偌大的旅館僅有十四棟日本庭園獨棟式建築（名稱分別是壽苑特別室、椿苑特別室、福壽草、福祿壽、水無月、芙蓉、皐月、如月、櫻草、秋櫻、彌生、有明、水仙、百合），不同的villa構造空間都有獨特的庭園搭配，每間villa都有專屬的優雅庭園，旅人在房內就能感受日本四季分明的變換，交替呈現禪學的美與真，不須舟車勞頓尋找賞景名所。

半水盧的第一個特點，是日式庭園式建築的villa及其貼心到龜毛等級的服務；第二個特點就是安靜。她只有十四棟villa，每棟villa都有兩層樓加上地下室，一樓是和風客廳，也就是吃飯的地方，二樓是和式臥房。她的villa到底有多大呢？以我下榻過的那兩間「秋櫻」與「櫻草」來說，單單一層樓就是尋常溫泉旅館房間的四倍大，若合計兩層樓加地下室的空間大小，則是尋常溫泉飯店房間的十倍大，換句話說，半水盧一間房間大小足以讓一整個旅行團的旅客睡覺。我想許多人都去過北陸石川縣的加賀屋，如以加賀屋的房間與半水盧相較，更能明白其奢華的程度——半水盧房間是加賀屋的十倍大！

不僅區區一間房間就有三處洗手間，villa內還有私用的風呂池，而且一樓的客廳，坐在其中有如置身京都大原三千院的禪寺中；不論是客廳或臥室，房內的擺設稱得上已經到了極究之境。擺飾的瓷器，房內四處可見的木雕，各種器皿的漆器，牆上的字畫，聞香的香爐，用餐的餐盤與餐具，任何一樣都足以讓尋常旅館炫耀個老半天。

因為只有十四棟villa，所以一天最多只能接待十四組客人，我下榻的時間是二〇〇九年八月初，可能正逢九州旅遊的淡季吧，那天大概只有四、五組客人，所以我從check-in開始到揮別之際，完全不見其他客人，除了我們的專屬女侍之外，也鮮少遇到其他工作人員。不過，千萬別誤會旅館的服務人員不足或禮數不周，在日本頂級旅館的觀念與日本人的邏輯中，「不打擾別人」與「不要造成別人麻煩」是條重要的人際關係準則，所以當旅客在旅館中活動時，服務生遠遠地就要閃開躲到一旁，以免與客人直接照面，除非是櫃檯人員、賣店服務生等。當然她們這種方式並非逃避，據我偷偷觀察，因為整個villa區域夠大，所以當客人即將要與服務人員「碰到面」的時候，服務人員總是會找到一個角落以免和客人照面，若真的無法躲藏時，服務人員也一定會恭敬並惶恐地低頭等候客人遠離。對於我這種喜愛極度安靜的人而言，這裡簡直是天堂，反倒是杜拜、澳門或拉斯維加斯那種「眾聲喧嘩」的旅館與旅遊方式，我就覺得相當反感。

第三個特點是「遺忘」。

由於半水盧有著安靜、寬廣、不被打擾與禪境等元素，自己的身心靈更容易進入「遺忘」的境界。旅人總是忘不掉股市漲跌、業務進展、支票兌現、客戶老闆……，更重要的是，許多旅人始終無法遺忘自身的疲憊，用緊湊的行程讓早已被工作俗事折騰過勞的身心雪上加霜。現代人的疲憊的確很難用藥物或各種治療來消除，最可行的解除方法便是遺忘。或許我們之所以成為人的起

侯文詠
沒有神的所在

因，就是為了要遺忘。也許在真實但未知的世界中，我們只是被捲入宇宙戰役中某一陣營的生物，敵對的一方俘虜了我們，再把我們遺送到地球並且遺忘一切，永遠離開戰場，敵我兩軍不停地讓敵軍遺忘一切以削減對方的戰力；也或許是讓疲憊不堪無法重回戰場（就是沒有即戰力的意思）的我們，遺忘一切並送到地球來重新充電，一如越戰時期的美軍，他們會把待在戰場較久的老兵送到曼谷度假，讓疲憊的老兵透過休假忘卻戰場苦痛。

在半水盧的遺忘空間內，每個轉角、每個步伐、每個思緒，至今仍存在我的心中，她讓我忘了許多憂愁，可我卻忘不了遠在九州西南角的低調旅亭。

長崎雲仙溫泉一年四季有所更迭，在半水爐內的景緻更是如此，春櫻夏綠秋楓冬雪都是旅人的一瞬之間，可是這瞬間沒有開頭也沒有結尾，因為她永遠

等待著造訪過的旅人回去尋找那寧靜的一瞬。我會回去的，既然找尋到心中第一名的旅館，喜新與厭舊終於找到平衡點。

實用資訊

前往半水盧的交通方式有二：

一是自行駕車前往（GPS設定的電話是0957-732-111），二是在長崎搭JR長崎本線，在「諫早」站下車，火車車程僅有24分鐘，或者是由福岡（博多）車站搭下行的JR長崎本線在「諫早」站下車，車程90分鐘。而旅館本身每天會有兩班接駁專車在JR諫早站載旅客至旅館，分別是下午一點與四點發車，從JR諫早站到旅館的車程約一個小時，專車接送採預約制，在你booking旅館時得先一併告知。飯店於雲仙內巴士站提供接送服務，須事前聯絡確認。

語言方面，半水盧櫃臺人員與部分女侍應生（至少服務我們的那一位）可以用簡單英文溝通。

半水盧

長崎県雲仙市小浜町雲仙380－1

http://www.hanzuiryo.jp/

A02

夜宿美術館

淡路島威斯汀飯店

人性中最耐人尋味之處是懼怕改變，人們會竭盡所能來阻止改變，然而當不可抗力的巨變發生後，人類所展現的韌性與耐心卻最讓人動容。淡路島、安藤忠雄、阪神地震、經濟泡沫……譜出了人類二十世紀末最成功的重生典範。

日本在泡沫經濟的八〇年代末期，決定犧牲淡路島來成就關西新空港，當年在淡路島附近挖了約七百倍東京巨蛋的土石，去填海打造關西空港，而淡路島夢舞台現址的那片土地，就是當年用來填海的關西空港基礎，關西機場啟用之後，淡路島的山頭只剩一個寸草不生的禿頂。土石被刨光，樹木被砍盡，除了滿足當時那種「人定勝天」與「經濟大躍進」的可笑想法外，淡路島卻有如天譴般地在一九九五年遭逢阪神大地震，震央就在淡路島上；命運的巨輪將十年的陰霾面轉向了淡路島。

當年日本政府徵求提案「如何讓淡路島重啟新生？」當地人原本想蓋高爾夫球場，以圖迅速讓禿黃的大地變回綠茵！安藤忠雄有更長遠的構思，他認為淡路島為關西機場與日本人背了龐大的原罪，應該要享受更好的回報。他要創造淡路島成為一個回歸自然、回歸生活與人本的典範。他要給淡路島一個嶄新的「夢舞台」。他要給淡路島夢舞台好多個可以傳誦的故事。

第一個夢是種樹。

前五年，安藤沒有打造任何一磚一瓦，更別提建築物，他只是在淡路島上不斷地種樹、種樹與種樹，安藤在「蓋房子」上面沒什麼進度，他只是「等」，等待樹苗不斷長大，直到第五年，終於開始動工，而且很準時地在動工後兩年內完工。他等待著淡路島的面貌「還原」後，才開始起造國際會議

廳、威斯汀（The Westin）五星大飯店、植物園、海教堂、水庭、空庭、山回廊、海回廊、野外劇場等等。

人為與自然的重創後，安藤選擇了用等待來恢復生機，而你用什麼態度來面對受創的股市與自己的部位呢？更重要的是，你拿什麼來修補被金融海嘯所沖垮的自信呢？

二〇〇〇年三月十八日，在阪神大地震的震央處，淡路島夢舞台與威斯汀飯店在廢墟中冒了出來，以「人與自然的對話」為主題，「淡路國際花卉博覽會」轟動開幕。為期半年、三十個國家參展、將近一百萬人次參觀，收入近六十五億台幣，並列當年世界三大盛事。淡路島的花博與重建結合，用花與樹木撫慰受過創傷的大地，用永續經營和繁榮在地的想法來經營花博，反觀台灣呢？台灣為何不在受風災水災創傷最深的高雄甲仙小林村舉辦呢？為何不藉由花博來撫慰受創之大地和遠逝的災民呢？為何不藉由花博來帶動災區的經濟呢？

我最尊敬懂得面對失敗並且能夠從一次又一次的殘破中重生的人、民族與國家，如日本與德國；反倒是一路順遂的美國和大起大落的中國，就不是我想要學習的典範。

我去了兩趟淡路島。第一次只停留七、八個小時，不滿足的我一年後再度造訪，選擇了住進夢舞台內的威斯汀飯店，享受一下安藤大師所設計的低調奢華，真的很難用文字來形容這家旅館，我問了同行出遊的同伴後都有一致的感受：「彷彿夜宿美術館」。

除了夜宿美術館之外，還有一種夜訪大師的孺慕之感。淡路島威斯汀飯店是建築大師安藤忠雄的傑作，除非入宿建築大師所設計的酒店，否則一般人只能在白天有限的時間去體驗其設計，無法在夜幕低垂後從黑暗的角度去賞析其作品的線條，以及另類的光影氛圍空間。

安藤忠雄在自己的文章中曾說，所謂建築，必須把「隨著時間改變而移動的光影、吹過的風所攜帶的味道、響遍建築物裡頭的人們交談聲、在周邊漂浮的空氣對肌膚的觸感……」一併考慮進去。在夜晚的淡路島夢舞台與威斯汀呈現出一股與白天迴異的官能感受，從白天到夜晚，整個氣氛從肅穆轉成柔軟，住在威斯汀的夜晚，才能體會出那些在烈日當頭下的莊嚴偉大建築，竟然有其小家碧玉般的婉約。

飯店從大廳到房間，樓梯到客房走廊，和一般日式溫泉旅宿或一般五星級連鎖酒店有著截然不同的面貌。傳統的和式溫泉講究的是溫馨與療癒，其整體色調是鵝黃或鮮紅；都會五星級酒店講究的是奢華或隱密，通常是白色或帶有金屬感的色調設計；而淡路島威斯汀飯店整體設計與布置的重心在於「美學」，粉色系成為她的調色基準，粉紅的房間，粉藍的衛浴、粉紫的走道和設計感十足並帶有淡淡粉橙的大廳。

她的房間面向大阪灣，也正是可以遠眺海洋之故，所以把房間打造成希臘地中海的活潑色彩風格，我很少在日本的旅館中看見如此大膽的色彩，與地中海的鮮豔不同的是，威斯汀用大膽的淡粉去呈現日本人的含蓄個性。

這家旅館另一個特色是，她有傳統和式的「一泊二食」，然而其餐點卻是融合義式、法式與日式的料理，不過房型卻屬於西式房間，這在日本的眾多旅館中是相當罕見的。

實用資訊

前往威斯汀飯店的交通方式：
搭JR在舞子站下車走出車站後左轉往明石大橋上面爬上去，沒錯！搭電扶梯到六層樓高的明石大橋的橋面去搭巴士，班次十分密集，在「夢舞台」下車，一下車就是威斯汀飯店門口。

・巴士
淡路交通 http://www.awaji-kotsu.co.jp/
本州往淡路島（高速巴士AWAJI EXPRESS）及淡路島內（島內巴士）的交通資訊都有。

・船
Taco Ferry http://www.taco-ferry.com/
碼頭離島內巴士岩屋站還要往北走個十幾分鐘（320円）。
明淡高速船 http://www.meitanship.com/
碼頭就在島內巴士岩屋站附近，比較方便（500円）。

淡路島威斯汀飯店宿遊的自遊行程：
前一晚宿大阪或神戶，第二天一早搭JR山陽本線到舞子站下車（大阪到舞子需時48分鐘，神戶到舞子僅需25分鐘），並在舞子站搭巴士到淡路島夢舞台下車，行李可以先寄放在飯店櫃檯，然後可以花上一整天的時間在夢舞台、奇跡の星植物館、明石海峽公園，除了可以盡情地在安藤大師的設計空間中肆意賞玩之外，順便可以看看淡路島從舉辦2000年國際花卉博覽會後，花了十年的努力與耐心經營至今的片片花海，而不是台北花卉博覽會如煙火般地稍縱即逝。第三天可以在飯店門口搭「德島巴士」到「鳴門公園」去欣賞日本人自殺勝地鳴門漩渦。

淡路島威斯汀飯店
兵庫県淡路市夢舞台2番地
http://www.westin-awaji.com/

A03

千年歷史之宿

秋保溫泉 佐勘

「傳承千年之宿——佐勘」是仙台秋保溫泉區歷史最悠久、擁有最現代的設備，又不失傳統的老舖旅館。經營旅館的佐藤家，自平安時代遷入此地，定居名取川沿岸，到了江戶初期，將所有地獻給仙台藩主後，被命為看守這片山地的公人，稱「山守」，同時被賦予管理泉源的權利，得以徵賦收稅，上納藩主，稱「湯守」。並在伊達政宗主政後，受命建造、管理湯浴御殿，以供藩主在出巡領地或外出打獵時，有一個休息場所。時代雖有更迭，依然代代相傳，一直承襲著「佐藤勘三郎」之名，迄今三十三代，時光可追溯至千年以前，「傳承千年之宿」之名因此而來，而佐勘，則是取佐藤之「佐」，勘三郎之「勘」。今天，雖然所管理的溫泉宿，已由公有御用轉為私營大眾交流休憩之所，但其血統依然純正不變。

全球金融風暴悄悄肆虐的二〇〇八年初冬天，在一個多年罕見的酷寒日子，我帶著一身與投資爭戰多年所堆積的疲憊，來到這家很孤傲的旅館——佐勘。親身入宿這家旅館後，不論是眼睛看到、手能摸到的，都能體會出佐勘的特殊氣味；發現她除了兼具一家頂級溫泉該有的氣派與典雅、精緻的宴席和老旅館該有的濃郁歷史情懷以外，她還有最難能可貴的氣質，一股由自信的孤傲所產生的安靜氣質。

我的生活曾經很紛亂，回顧昔日尚在職場當個小上班族的日子，先別說有沒有辦法負擔佐勘的昂貴費用，恐怕連心思都無法從容地放鬆開來融入這種享樂，錢財並非這種旅館的唯一入場券。

為什麼說佐勘是家孤傲的旅館？

日本的泡湯迷都知道有個溫泉年度排行榜，那就是由旅行新聞新社主辦的「プロが選ぶ日本のホテル・旅館100選」，プロ是專業，ホテル就是Hotel，譬如在台灣知名度甚至於比本地五星級飯店還高的加賀屋，就是年年得到這個排行榜的第一名。其實別說排到第一，在上萬家日本溫泉旅館中能夠擠進這個排行榜前一百名就屬於上上之選了，如二〇〇八年排名第九十八的知床第一飯店，就其服務的內涵大概可以打敗所有台灣旅館了。

有人天生只想拿第一，佐勘這家位於仙台市郊秋保溫泉區中的千年老旅館，就是這麼一家脾氣與我相投的旅館。她曾經拼了幾年的排行榜，卻頂多拿到第五到六名（二〇〇二～二〇〇五年），一氣之下，佐堪的主人乾脆不玩了，不再為了評比而評比，堅持走回屬於自己的路，認為佐堪有著獨特的服務傳統，不想為了通俗的大眾標準而屈就，並修改自己那股千年以來的堅持。這和投資領域的道理很像，投資的唯一敵人就只有自己，一家好的旅館不在宣傳廣告，不在熱鬧促銷噱頭。

單單亞洲的旅館我就住過上百家，包括好幾間名列前茅的和式風呂，但唯獨佐勘上下裡外有一種「不打擾客人」的放鬆感覺。她沒有加賀屋內女將款待對客人的繁文縟節與緊迫盯人，也沒有東南亞熱帶島嶼villa的夜夜笙歌。不論是四百年前的伊達政宗亦或是二十一世紀的我，佐勘溫泉就像安靜的異國之家，有別於一些標榜「祕境」與「一軒宿」（一個山谷只有一家旅館，別說其他旅館，就連一棟其他建築物都沒有）的溫泉旅館。佐勘不必靠置身在荒僻幽谷去取得寧靜，佐勘拋棄華麗的喧鬧，捨棄了鑼鼓喧天的表演，換來自遊旅者衷心期盼的一夜好眠。

佐勘溫泉旅館會讓人感到很安靜的最根本原因是：她的面積夠大，房間數卻很少，她不會讓客人的數量多到破壞服務品質，客人稀少加上縱深夠大，自然而然就能形成一種十分寧靜而高貴的氣質。在我曾經入宿過的日本溫泉旅館當中（我曾造訪排名前一百名溫泉中的三十多家），佐勘始終是我心中的前三名。

因為喜歡佐勘追求第一的那股傲氣，我從金融投資業轉換跑道成為文字創作者，一樣是不習慣老二哲學。十多年前我可以為了一份研究報告廢寢忘食地

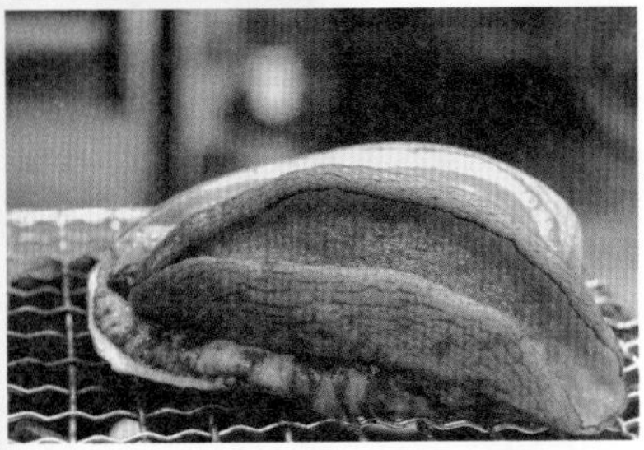

一改再改；七八年前我習慣為了建立完美的投資組合而不眠不休；如今，我終於離開職場的朝九晚五，為了尋找心中最完美的第一名旅店，我和家人依舊會不停地探索下去。

實用資訊

前往秋保溫泉佐勘的交通方式：

目前台灣有長榮航空直飛仙台機場，每週有四班飛機，安排起來已經相當方便，台北到仙台只有三個小時的航行時間，且秋保溫泉距離仙台市區十分的近，早上十點從桃園機場起飛，日本時間下午三點半以前就可以入宿秋保溫泉。

1. JR仙台站西口，在8號乘車口搭乘「宮城交通巴士」，約50分鐘，在「秋保溫泉・湯元」站下車。或這從機場直達秋保。
2. 航空公司有推出仙台秋保藏王自由行的套裝行程，你可以由仙台機場直接搭當地巴士直奔秋保溫泉，巴士的名稱叫做「宮城交通」，所以通常可以安排一夜的秋保與一夜的藏王，天期長一點的假期可以再住一晚銀山溫泉。
3. 佐勘旅館在仙台站有免費接駁巴士，每天11：00與16：00在仙台站西口發車。

秋保溫泉佐勘

宮城県仙台市太白区秋保町湯元

http://www.sakan-net.co.jp/

A04

直島貝尼斯美術館旅店

藝術混搭的氛圍

我一向有個「一次滿足」（或稱「一次到位」）的習慣。多年前我任職於某金融業擔任其股票自營與研究主管，有一次剛好底下一個資深研究員離職，於是我和老闆從應徵者挑了三個人選要做最後定奪，第一個是某大股東介紹的，要求中等的待遇，能力與經驗不算太優，但是當時我和老闆與那位大股東正處於「戰爭邊緣」的狀況，為了公司與業務的和諧，所以不得不將這位候選人列為最優先考慮。第二個應徵者的能力與經驗比第一個還優，而且開出來的薪資與要求的職位相當低，對於重視部門開銷的我，也不得不慎重考慮。第三個是一位市場的高手，陰錯陽差與其前東家因為誤會而鬧得不可開交，而他的前東家不惜在市場揚言，哪一家金融同業敢用他的話，就斷絕所有往來，況且他所要求的待遇與職務是三名應徵者中最高，我的老闆第一個就想把他刷掉。

然而我卻問我的老闆說：「這種人才難道你看了之後不會心動嗎？」

我的老闆沉默以對。

緊接著我又問：「今天若放掉這種頂尖人才，你以後會不會後悔？」既然對外徵才，當然是不計代價與成本去尋找最棒的人才。不惜開罪大股東也不怕砸下高薪挖角，於是我用了第三位，一年後這位同事幫公司賺了數千萬元。

好比我買車的過程，ＢＭＷ一直是我多年來的最愛，然而在看車的過程，卻和我的老闆產生相同的想法：「要不要先買部ＡＵＤＩ或ＶＷ，過個幾年再換到ＢＭＷ，如此好像比較折衷。」

不過，「一次滿足」的想法最後還是說服了自己，因為我知道若採折衷的

購車方法，我一定會對被割捨的ＢＭＷ朝思暮想，完全沒有快樂可言。買部車不就是犒賞自己讓自己快樂嗎！那何苦去面對自己可以預見的悶悶不樂的未來呢？

於是，我買了部ＢＭＷ，至今整整滿足近十年，實現了最棒的夢之後，便無須靠築夢虛度人生了。除非能力有限，否則要買就買最好的東西。除非經費不足，否則要用就用最頂尖的人才。

我曾經出版過一本財經書：《交易員的靈魂》，出版前本來打算到日本直島去拍攝封面，但礙於出版社視野的受限，婉拒了我的提議，我一度想要自費前往直島去拍照，但是後來因為種種折衷方案而取消。事後至今，我一直感到相當懊悔，因為那本《交易員的靈魂》竟然大賣五、六萬本，以三千多萬元的總銷額來看，當初就算花個十來萬的差旅費也無傷大雅吧！更何況，直島上的「貝尼斯美術館旅店」（Benesse House）才有我心中最中意、最合乎那本書意境（你的投資出口在哪裡？）的取景。當年若堅持採用自己最愛的直島美術館來當那本書的封面，說不定我會因此對它更有信心而增強自己的宣傳動能呢！

當遇到最喜歡的人事物、最稱心的選擇，別三心二意，能做就去做。

後悔了幾個月後，我不管三七二十一，直奔直島這座讓我朝思暮想的島嶼。容許我用最簡單的話形容這座直島：「日本國土內的奇想世界。」這座直島吸引人的不單單只是貝尼斯美術館旅店與地中美術館這兩座大師級的作品，還有這座彷彿如置身在希臘愛琴海畔的小島，她所呈現的生活態度以及與天地

人融合的氣氛，讓置身其中的旅人留下極為驚豔之印象。

踏上直島的貝尼斯美術館旅店，實在開了我的眼界，在我的經驗與想像中，旅館不外乎就是五星級的富麗堂皇、奢華的溫泉一泊二食和式擺設、強調私密的villa、偷情與情慾的汽車旅館，以及單純睡上一覺的商務旅館等幾種，看過直島貝尼斯旅店後才驚訝地想到：「原來我們可以與美術館共眠。」

她的建築物是用藏的，若從直島的環島公路上去搜尋直島美術館，肯定是件挑戰旅人視力的任務，除了一只小小公車站牌矗立在路旁外，再找不出任何證據顯示大名鼎鼎的作品就在四周；「直島美術館把一樓留給樹木花草」、「還給地平線原來面貌」的堅持，讓我對比台灣的許多建築物，還停留在爭奇鬥豔地與地平線搶奪大自然的視野，醜陋毫無美感地堆了一堆又一堆的建築垃圾，還用暴發戶的思維包裝了一棟又一棟的「皇家ＸＸ」、「帝寶ＸＸ」、「ＸＸ路易尊爵ＸＸ」，短視地只想學股票大師，只想用最短的時間賣光不具價值的股票或房屋。

這座旅店與美術館的主題是「逃」，是一座讓現代人逃離壓力的城堡，當我徜徉旅館的走廊、咖啡廳與主建築物和附屬美術館後，可以體會到日本人近年來最流行的「療癒式」休憩，強調緩慢與靜肅之美學與生活態度，強迫來到這裡的旅人放緩一切，一如回到母親子宮般。

貝尼斯內展示一些饒富趣味的作品，例如柳幸典的「鹹蛋超人」群，幾百尊鹹蛋超人公仔傘型般擺設在地上；以及安田侃的「天祕」，將兩顆巨大的大理石不對稱擺設著，沒有藝術慧根的我讀不懂這些表達手法，但從參觀這些反差很大的藝術品擺設在清水混凝土的自信空間裡頭，我得到了視覺上的饗宴，也打破了內心對於種種自我設限的框架。

美術館中再度顯露出安藤忠雄的「迴廊」設計，不論在直島、淡路島、大山崎美術館、姬路文學館、兵庫美術館都在在重複迴廊的設計，不論是建築物外體的步道，還是建築內展覽空間的走廊，參觀者藉著迴繞的設計一而再、再而三親臨建築本身或展覽品。直島美術館位處於地下，採光只能靠著自然的屋頂天光，而且，經由日光早與晚之間的照射角度不同，而布局了不同的光影詭計；設計者安藤忠雄在《建築學的十四道醍醐味》書中引用科比意大師於《邁向建築》裡所說的名言：「所謂的建築，是集合在光線之下量體的、知性的、精準的、而且是壯麗的遊戲。」

直島原本是座受到重金屬污染而被棄置的瀨戶內海小島，污染的程度連植物都無法生長。一九八七年日本貝尼斯（Benesse）企業會長福武總一郎，邀請了包含安藤忠雄、草間彌生、大竹伸郎、片瀨和夫、Ricky George、Walter de Maria……等美學藝術界大師花上十餘年的時間一起打造新直島。其中貝尼斯美術館旅店在一九九二年落成，這旅館總共才八間房，四周被綠蔭包覆，外表看似精巧宜人的風格，身處其中又可以體驗出一種內斂到幾乎傲慢的姿態。沒有電視網路，沒有迎賓大廳，沒有宴會料亭，沒有露天風呂，除了房間以外就只有一個小餐廳、圖書室和貝尼斯美術館，在裡頭唯一要做的事情就是放慢一切，好好欣賞瀨戶內海。

直島從一個飽受污染、經濟蕭條的小漁村，透過企業家、建築師與藝術家

的重新打造並定義之後，尋找到直島的新出口。人口不到四千人的小島，竟然每年吸引到百萬人次的觀光人潮。最令人訝異的是，直島沒有所謂的觀光景點，沒有喧囂的遊樂園，沒有歷史古蹟，更沒有名產購物中心，僅憑藉著島上到處可見的藝術品、美術館和經過社區整體營造後的氛圍，來吸引最優質最懂得心靈饗宴的旅人。藝術與自然景觀有了新的混搭，緩慢、藝術與大自然是貝尼斯美術館旅店給予我的收穫。

直島告訴我，再怎麼深的黑暗，只要有顆開放的心，一定都可以尋獲出口。

當我搭乘瀨戶內海渡輪離開直島時，只想閉著嘴，一直望著海、天空和船。黃昏的風越過大海並吹動島上蘆草，夕暮慢慢轉變成淡淡的夜，幾顆星星在船塢上方閃爍起來，即便是秋天都可以感覺到夏天的香氣。村上春樹所說的：「海潮的香，遠處的汽笛、女孩肌膚的觸覺、潤絲精的檸檬香、黃昏的風、淡淡的希望、夏天的夢。」就是這股直島味兒吧！

實用資訊

前往直島的方法：
在岡山搭乘JR宇野線到宇野站（約30分鐘），走出宇野站往右前方走五十公司就可以看到四國汽輪的碼頭，乘船約二十分鐘就可以抵達直島「宮ノ浦港」。在「宮ノ浦港」碼頭邊就是公車總站，可以在此搭巴士到Benesse House，時刻表與站牌指標都十分清楚，無須擔心。
由大阪關西機場進入，可從新大阪搭乘新幹線至岡山，約50分鐘，再轉JR至宇野港，約40分鐘。從宇野港口乘坐四國汽船前往直島約20分鐘，轉乘島上交通巴士可抵直島文化村。

直島貝尼斯美術館旅店
香川県香川郡直島町琴弾地
http://www.benesse-artsite.jp/en/benessehouse/

B01

女系風呂

湯布院山之飯店夢想園

在全球人口千萬以上的國家中，台灣的人口密度僅次於孟加拉，排名第二。擁擠是台灣的集體宿命，弔詭的是台灣人似乎永遠覺得自己不夠擁擠，無時無刻都想要在窒息的空間中找尋更能擁抱人群的法子。

假日逛大賣場，連續假日開車上雪山隧道，過年長假則拚命擠上高速公路，不惜排隊兩個小時才等到停車位，只為了擠進清水休息站，買三盒在媒體版面大量置入性行銷的台灣伴手禮，然後再把車子開上高速公路，找尋下一個交流道附近那攤各大美食節目一致推薦的人氣小吃。

設定好一年只為了吃兩次中南部小吃才裝的GPS，男主人洋洋得意地吹噓自己多麼熟門熟路，彷彿從北到南他都吃得很開，車上女主人忙著補妝更忙著忍尿（從台北一路塞到大甲，六個半小時，連駱駝都想要尿尿！），最後終於找到那家貼滿《美鳳有約》、《食尚玩家》、《Taipei walker》、《蘋果日報》……廣告看版的小吃。接著，抽了第三百號的號碼牌，然後穿過小鎮圓環一路塞到外環道路才找到停車位，把車停好以後回頭走了足足四十分鐘的路才回到小吃攤，老闆告訴你剛剛號碼牌唱號沒叫到，所以要重新抽號碼牌。

好不容易吃了那碗轟動武林驚動萬教的「媒體炒作羹」後，風塵僕僕開上高速公路回到三峽那棟被財團炒作到一坪二十幾萬的房子，男女主人很滿足地過了一天，滿足了他們假日的三大享樂：「擁抱人群」、「同儕認同」與「填滿空虛」。

我小時候住基隆，如果把基隆獨立成一個基隆共和國，其人口密度絕對排上世界第一，直接把孟加拉幹掉。基隆很擠，擠到連人與人之間的氣味都無所遁逃，隔壁大嬸燒什麼菜，樓下外省老兵喝了什麼酒，對面那位酒家女半夜幾點回來，巷口那攤米粉攤今天有沒有加味精或偷工減料，三角窗的藥房偷偷幫人打墮胎針的刺鼻藥水味，外公棉被倉庫內傳來陣陣老鼠的腐屍臭……通通聞得出來。

我無意詆譭基隆，畢竟那空間、那人群、那味道是大家的歷史，基隆的歷史觀總是填滿著昔日的光榮，總是許多出外人的原鄉，總是那麼的甜膩，除了擁擠之外。

八歲的我搬到高雄鳳山的五甲，一九七五年軍閥強人嗝屁的那天，我和父母跳上開往高雄的夜班火車，十五個小時後，到了一個從未曾見過的「廣闊大地」，那時的鳳山五甲只有一條五甲路，一邊通到滿街都是軍人與反共標語的鳳山市區，另一頭跨過臭得要命的前鎮河到工廠林立的草衙，五甲到草衙中間除了那條被財團工廠污染到連走過去都會流眼淚的前鎮河之外，沿著前鎮河就是中山路，當時中山路一邊各六線道，兩邊加起來十二線道，那是在基隆出生的我前所未見的，基隆最大條的路就是田寮河旁邊那條四線道的馬路，對於一個八歲小孩而言，那股內心的激動就一直保留到現在。

從政治的殖民港口遷移到島嶼南端的工業殖民地，八歲的我就體會到不擁擠的樂趣，以及連氣味都必須要有自己獨立空間的道理。

九州湯布院溫泉的「山のホテル夢想園」（山之飯店夢想園）是間不擁擠的溫泉旅館，她最大的特色是有一座「籃球場大的露天風呂」，連房間內的私人風呂池大小都不輸給一般旅館的大眾池呢！

我入宿「山之飯店夢想園」最棒的房間「摘草の間」，這間房間稱得上是獨門獨院日式villa，這在日式旅館中相當罕見。獨門獨院意味著有專屬的院子，既然有專屬的院子就得要有專屬的風呂，而專屬私密風呂可不是挖個池子、造座假山、接上溫泉水管就算了事。舉凡風呂一定要露天，池子旁要有衣櫃和洗澡區域，凡是大眾露天風呂該有的設施，房間內的露天風呂也都得一應俱全；而且要有視野、又要有洗滌與更衣空間，再加上隱私上的考量，所以設計上一定要有較大的空間和巧妙的遮掩，所以獨門獨院加上獨棟是必要的設計，而且與其他房間也有一定的棟距，否則就失去「私」的味道了。

這間旅店有一個讓我驚喜的地方：「咖啡」。不知道為什麼，不論是全世界六星級飯店或日本前一百大溫泉旅館，都有一個共同的特點，那就是不提供「好喝」的咖啡。不論是早餐的咖啡還是客房服務的咖啡，在行家的眼中，竟然都只提供所謂的「商業豆」，也就是那些連鎖咖啡店所用的咖啡等級；令人髮指的是那些入宿一晚動輒近千美元房價的旅館，竟然使用這種一磅不到十美元的次級咖啡（註：一磅咖啡可以煮出五十人份）。

然而，「山之飯店夢想園」是我首度在旅館房間內看到附上還算不錯的咖啡豆與煮咖啡的全套器具，而且毫不吝嗇地提供了半磅的高等級豆子呢！很高興終於有旅館體會到咖啡重度上癮者的需求了。

要深入敘述這間旅館之前，得先鋪陳整體湯布院溫泉區所打造的特點：「女性觀點」。湯布院溫泉是日本年輕女性心目中第一名的國內度假勝地，是日本女人第二想泡的溫泉（第一是箱根，距離東京比較近讓她成為首選），是

日本女人心中認為第二浪漫的度假地點（第一名是輕井澤）。湯布院的街道與其周邊景點如金鱗湖和眾多的小型美術館，便可以感受湯布院之所以讓女性喜歡的一些元素。

小巧美學是湯布院第一個元素，逛不完的精緻小店鋪，以及讓女人的胃怎麼填都填不滿的甜點果子店，與讓人不會逛得太累的小巧美術館博物館，以及單價不高卻多到眼花撩亂的精美紀念品與女性飾品。

湯布院勝出的第二個元素是「女性優先」。

多數的溫泉旅館通常會把面積較大或視野較佳的戶外風呂留給「殿方」（男性）專用，但湯布院溫泉地區的頂級旅館，通常會貼心地替女性準備較大且視野較佳的專用浴池，譬如「山之飯店夢想園」的女性大浴場「空海の湯」，根據我太太的描述，佔地幾乎有一座籃球場的大小，裡頭還有各種保養與補妝的貼心用品，加上露天浴場面對湯布院第一美景「由布岳」，處處可見館方的「女士優先」主張。夢想園的餐點更是向女性靠攏，除了生魚片以外幾乎都是法式或義式的料理或烹調手法，入宿於此，可說是第一次體會到「女尊男卑」的「母系社會」。

湯布院之所以成為日本人心中遊憩天堂的第三個特點是「打扮」。基本上湯布院比較像是個淡妝打扮的輕熟女，整齊乾淨的街道，百家爭鳴的商店櫥窗，低度開發的金鱗湖，與刻意保存的大片農地。

我曾經以湯布院為主題到一所私立科技大學的某科系做過演講，我到校園的演講次數雖然不多，但是很喜歡藉由觀察校園和學生而去做些深入的思考。

當然我不是道德狂魔，對於學生打瞌睡吃東西或不專心聽講這些「上個世紀的老朽指標」一點都不在意，因為以經濟成長或職場生涯而言，過時的道德根本不是競爭的要件，我在意的是服裝。

我曾經閱讀過美國一份長達十年的研究報告，它追蹤研究幾千名美國大學生，發現幾個驚人的事實，其中長相好看且打扮入時得體的三分之一，他們進入企業的起薪比平均數高一〇％，十年後的年薪也高出三〇％，職位也比一般人高一到兩級。此外，有一份歐洲的報告，它把過去幾年歐洲各國議員的候選人照片與影片，拿到美國去做民意調查，請美國人就照片或影片挑選出主觀認為前面三分之一最好看的候選人，當然，絕大多數美國人不認得歐洲議員的長相，所以這個研究完全是很具獨立性的「容貌問卷」。但是驚人的效果出現了，研究人員把長得好看的三分之一俊男美女政客的得票率做分析，發現比長得平庸的其他三分之二的候選人，其票數足足多出五％。別小看這百分之五，在選戰中，五％的選票差距就足以決定勝負。

湯布院同樣如此，如果用一種最酸溜溜的說法，她的自然美景除了一座由布岳以外，毫無景點可看，而由布岳一眼望去其實與站在埔里遠眺合歡山群嶺的感覺不相上下，而且金麟湖差不多有如鄉間水塘一般。

然而，金麟湖畔卻點綴著一兩間古式和風建築，並接上熱熱的溫泉造成縷縷輕煙，湖上豢養著幾隻野鴨與天鵝，就把尋常水塘幻化成宛如具有千年傳說的古老湖泊；望去甚為無趣的鄉間田埂與稻穗，一旁卻點綴著一棟棟巴洛克風格的小美術館；平淡無奇的商店街，妝點成一間間讓女性的荷包與鈔票首足異

處的粉色小商店，一切的一切就是要營造一種「妝點的夢幻」，漸漸地形成一股很特殊的湯布院文化。這裡的街道用江戶時期的外貌混搭著時髦，充滿了小鄉村氣氛，緊緊抓住女人的心。

我對著台下穿著打扮甚為邋遢的學生說：「年薪多三成的那群人，他們的學歷沒有明顯的高，得票多五%的俊男美女政客也沒有明顯的學歷優勢；湯布院也沒有傲人的景點或千年古蹟，他們憑藉的是什麼？希望半年後我回到你們學校與你們再度見面的時候，你們可以找出答案，讓我的視覺大為驚豔，也讓你們的未來增添美麗的外貌與美學的思考。」

懂嗎？透過看見、駐足、注視、欣賞、凝視、走過的遊憩程序，去學習如何看世界，也學習如何讓世界成為自己的借鏡。

實用資訊

前往湯布院的交通方式：
從博多站搭JR久大本線的「特急ゆふいんの森林号」，ゆふいん是湯布院的意思，在由布院站下車，一個小時又五十分鐘便可抵達。

・開車
在大分自動道路的「湯布院IC」下交流道，沿途指標相當清楚。

湯布院山之飯店夢想園
大分県由布市湯布院町川南1251-1
http://www.musouen.co.jp/

B02

神の降臨泉

鹿兒島 妙見溫泉石原莊

二〇〇九年八月，我駕著車從北九州開到南九州，從霧島神宮到下榻的石原莊的這段路途，是我該趟旅程中僅有的迷路紀錄。坦白說，我很喜歡這種在「確保百分之百安全」下的迷路，迷惘卻不至於亂了分寸，不安卻夾帶點新奇刺激，我喜歡人生中的偶然迷航，沿途或許會迷途不安，但終究會有蛛絲馬跡指引路程，只要睜大眼睛，留意路旁的徵兆和相信自己強烈的第六感，生命終將會找到自己的出路，何況只是區區的旅程呢！

九州好不好玩？我和許多日本玩家有著相同的問題，於是決定用「回到旅行的初衷」來尋找這個問題的解答。我甚少認為旅行得背負著探索異族文化的蒼涼需求，更不認為旅行非得要跑到浩瀚的邊疆，去從事那種自欺欺人與累死家人的流浪。這起因於我的旅行生涯啟蒙得很早，小學一年級就開始一個人在基隆公園「散策」，或搭火車到四腳亭找朋友，或搭客運巴士從基隆到台北忠孝東路去拜訪親戚；高中的我就已經單獨走過南橫，一個人走當年大熱門的溪阿縱走，也曾經到過沒有大眾交通工具可以使用，只能靠雙腳走進去的武陵農場，到了大學那更是瘋狂，有了屬於自己的機車後，速度感和便利性讓我的旅行行腳遍及全台灣。

我結婚得早，二十六歲便進入婚姻生活，當同學同事或朋友每晚泡在夜店、KTV，或每禮拜小週末相約要去中國下川或常平買春時，我卻在與兒子的奶瓶尿布和前途拼鬥。我當爸爸的時間更早，二十七歲時便有了第一個男孩，三十歲時再添第二個男孩。

於是，我的旅行生活，從此告別了單獨一人，一口氣多了三個伴，所以旅行對我而言，便是一種與家人更緊密生活的安排。我有一個很不喜歡與家人一同旅行的朋友，萬不得已，他絕對不用自由行的方式，他認為不論五天四夜還是三天兩夜，和老婆連續幾天二十四小時的面對面是件可怕的事情，跟團旅行起碼還有他人可以聊天，降低了那種與老婆膩在一起的「絕對性」。

除了旅行之外，還有什麼其他事情可以讓一家人擺脫一切，在一段不算太長的時間內過著比家庭生活更緊密更相依的時光呢？於是，我的旅行多半和家人結伴，反正只要能夠遠離人群、遠離現實俗事就讓我感到滿足，所以，「旅行的初衷」是享受與家人的相依。

那麼，九州好不好玩便不是那麼重要，重要的是她擁有許多寧靜的角落，距離台灣短短一個多小時的航程，就可以抵達台灣所缺少的「細膩」與「安靜」。詩人楊牧說道：「旅行是一種洗滌，一種探索。」俗庸的我悟不出洗滌人生的道理，卻在九洲找到許多可以洗滌身體的優質溫泉。妙見溫泉的「石原莊」便是一座讓「建築迷」十分醉心的旅店。

她有多安靜呢？她只有十五間房間。她有多大呢？她擁有一座十五間個室的夕食餐廳，一間用石頭和石雕巧妙隔出十幾張桌子的朝食餐廳「食菜石藏」，還有一個讓客人泡完湯之後可以享受果汁與咖啡的咖啡廳（當然是無料）。經常去日本溫泉住宿的旅客都知道，溫泉旅館的用餐多數在房內使用（團體例外），就算有額外的餐廳，也不會分成早晚不同的用餐地方，當然除非是那種面積大到如加賀屋等級的旅館才有不同餐廳，但是那通常得和吵雜的團體客一起享用。

石原莊另一個貼心的服務在於泡湯後的咖啡廳，通常溫泉旅館在風呂門口頂多擺個冰桶並設計一個榻榻米座位區，讓客人喝點冰水或麥茶之類就算聊備一格。偏偏石原莊卻直接弄了一個開放式的咖啡廳給客人休息，飲料也不是傳統所見的那種麥茶冰桶，而是包括現煮的研磨咖啡，各種現煮的花草茶和新鮮果汁，咖啡廳就在天降川的旁邊，聽著湍急的溪水，享受毛細孔舒張、夏日的涼風和咖啡的香氣。

除此之外，她還有三個大眾露天溫泉和兩個貸切風呂（同樣免費，而且旅館會貼心地替各組客人安排私密的風呂時間，在預約時間內有私人空間可以浸浴）。

不過，諸此種種比起這間旅館的真正特色，不過是驚喜前的開胃小菜。石原莊擁有絕大部分溫泉旅館所沒有的「野溪溫泉」，她的野溪溫泉「椋の木」並非一般那種只在旅館內面對著溪流的大眾池，而是貨真價實的野溪溫泉，溫泉池子就在溪床上開挖，身體浸泡在裡面，溪水就從旁邊潺潺而過，傍著溫熱的泉水、沒有隔閡的蟲鳴鳥叫。

貼心的是，旅館還在野溪泉池旁搭個更衣室，而且，這座野溪溫泉的座落位置很巧妙地位在四面八方的視野死角，不用擔心春光外露的風險。當然這野溪溫泉有個小小的特點：「混浴」，當我問起客房經理萬一發現有女性在裡面浸泡，或泡到一半有女士闖入時，我應該要注意哪些事項，那位經理回答了一句讓我永生難忘的話：「How can I say that?」

所以，當人生第三次碰到混浴，我只能說：「Yes! How can I say that!」

然而吸引我目光的不是誤闖我們父子三人世界的不速之客，我只看到兒子身上的肌肉在皮膚下繃緊並隆起，像一塊塊小巧克力，悄悄地從一個纖弱的男孩變成一個強壯的男人。父子們幾年來上百次的泡溫泉經驗裡，看他們從男孩成長到男人階段，唯一不變的是他們的微笑。

誰還在乎第幾次混浴呢？

除了本館的十五間房間，石原莊在本館旁邊又蓋了一棟新館「石藏」，這新館可是大有來頭。她是一種「石藏移築」的建築物，館方向鹿兒島一帶的農家買進一座座廢棄七十年以上的石造米倉，並將那些石頭米倉一顆顆原封不動地搬到石原莊旅館旁，建砌成地上二樓與地下一樓的新館，地下一樓就是吃早餐的「食菜石藏」。先從這座「食菜石藏」談起，她一共有九張餐桌，每個餐桌之間用設計迥異的方式各自阻隔著，但每張餐桌又屬於「半個室」形態的半開放空間。「食菜石藏」並不俗氣地使用傳統和式屏風，而是用古式鐵板格子、大型陶缸、擺滿鹿兒島農家童玩的石櫃、各種圖樣變化的原木櫃來隔間，單單吃頓早餐就有如一場視覺饗宴，而餐廳的窗外還是那條「天降川」。

這些石藏屋是南九州老米農幾代傳承下來的古物。旅館從古老的農家手上買下它們，讓新的旅館鍍上一層老農的堅硬外貌；而石藏內的古玩古石古木也讓這間旅館有了歷史的風情。

新館「石藏」的客房，一樓的和洋室「KIRARA」面積約有二十七坪，二樓的洋式客房「SARARA」也有近二十坪的空間，置身在天降川旁的古老石藏內，竟然有著最具現代質感的和式房間，恐怕不能用慢活慢居來形容，而是幾近「賴居」的心理狀態了。入宿於此，只盼整個人賴在裡頭，吃飯、泡湯、喝茶、看書、吹吹夏天的溪風，品味建築大師杉本貴志在鹿兒島天降川畔的鄉野所雕琢出的「石藏」天地。

旅館是我旅行的重心，下午三點入宿，早上十點離去是「酗旅店」的標準行程。九州的頂級旅店中，這家位於鹿兒島天降川邊妙見溫泉的「石原莊」，肯定是讓酗旅店者的「癮頭」往上升級的一家。

下次要去哪裡，喜好文學的我抄了兩段格言：

希臘聖哲蘇格拉底說：「娶到賢妻的人能夠得到幸福，如果娶到惡妻就能成為哲學家。」

澳洲作家布萊思．寇特內說：「男人是好女人的劫數，他們大部分都很爛，但是你又少不了他們。」

你要去希臘還是澳洲，回家好好問問另一半吧！

實用資訊

前往石原莊的交通方式：
旅館有接駁的巴士往返於鹿兒島機場、JR隼人（日豐本線）站、JR鹿兒島中央站與旅館之間。從鹿兒島機場或JR隼人站到石原莊的車程只有15分鐘，相當快速，附近的遊憩點為鹿兒島市、霧島神宮。
此外，石原莊的服務人員與櫃檯經理的英文相當流利，溝通上不僅僅沒有問題，而且他們的英文程度好到會讓一般遊客汗顏呢。

如何安排鹿兒島與石原莊的旅行呢？
搭飛機到鹿兒島空港，然後搭旅館的接駁車直接到旅館，第二天請旅館送你到JR隼人站，在隼人站搭JR日豐本線（上行）到霧島神宮，參訪霧島神宮後搭反方向（下行）的JR日豐本線到鹿兒島。當然如果你不是搭鹿兒島的班機，你也可以在JR鹿兒島中央站搭旅館的接駁車直達石原莊。
由於鹿兒島縣大多是鄉野與山嶺，車流交通量相對稀少，然而一些景點與好旅館之間的火車公車的銜接上並不是十分地便利，在這裡租車應該也是個很好的交通方式。

妙見溫泉石原莊
鹿児島県霧島市隼人町嘉例川4376番地
http://www.m-ishiharaso.com/

B03

河口湖 湖山亭產屋

日本首景旅店

「湖山亭うぶや」（湖山亭ubuya，湖山亭產屋）是間會讓人想要足不出戶的溫泉飯店，如果用一種理性的遊記方式來分析這家旅館，可以歸結為下列數點：

一、交通方式

1、事先約好抵達河口湖車站的班次抵達時間，請旅館到車站出口接送。

2、從河口湖車站搭乘計程車，車資不會超過一千日圓，如果人數超過兩人以上，搭計程車反而省事。

3、在河口湖站搭循環公車：奉勸各位別省這個小錢，因為旅館門口沒有公車站，雖然「湖山亭產屋」就在環湖公路上，但上車後必須拜託司機在旅館門口放你下車，否則你會拖著行李走上一公里，且票價要花三百一十元，所以還是搭計程車吧。

二、評價「湖山亭產屋」入選「旅行新聞新社」第三十三回日本旅館一百選的第五十九名（第三十四回進步到第五十七名）。

三、她的服務生可以流利對答簡單的英文。

四、她的溫泉泉質對神經痛、筋發炎、關節炎、五十肩相當有療效。

重來！重來！遊記怎麼能用研究報告的格式撰寫？那麼我來仿效傳統旅遊文學的寫法，重新描寫這家旅館看看：

「窗外的湖光山色讓人心情安定，塵慮全消，身心靈同步得到滋潤，令人

充分心醉地感動。旅館上下無微不至的細膩貼心服務，配合著枯山枯枝所開展陳設之和式庭園，織出讓旅人心頭一陣暖意的氛圍。料理長堅持每一份食材都要百分之百的新鮮與在地有機，讓旅人品嘗出味、法、色、感的四合一懷石精進料理精髓。座落於群山與湖泊之間的旅館，一直深受明治維新以來文人雅士前往佇足與揮灑文藻。第五代主人引進新穎前衛的樂活概念，客室比起從前更加寬闊敞朗，但也刻意保留著傳統的古樸，傳統之質樸和先進的尊貴在這裡找到相對適當的融合，旅人第一次在這裡可以深刻地感受到和風之美。旅館四季有雪白鋪天蓋地的蒼涼，有諸春百花綻開露出豐沛的生命動感，有鮮綠滿山遍谷的夏日溫暖，當然還有洗盡鉛華枯了枝頭的濃濃深秋……」遊記好像都得這樣寫吧？

不過當我讀出這些字句時，就有一些很搞笑的畫面浮現腦海，這樣的文案除了出現在旅遊報導或遊記以外，好像建設公司的房屋銷售廣告也常常使用類似的文句，莫非寫遊記的寫手和預售屋廣告文案的寫手是同一批人不成。

所以，描寫一家旅館和分析一家公司有著相同的共同點，那就是這家旅館最棒的地方在哪裡？她的特點在哪裡？否則只用一堆華麗詞藻堆積出大量的雜誌篇幅，一如股票大師嘴中喃喃自語複誦著虛無飄渺的假利多，不過就只是一篇打嘴泡文案。如我前文只花五分鐘寫的旅遊經，成篇毫無重點文字，盡是吹噓且不必負責任的用語；可惜，不論是投資還是旅行，多數現代人還是會被這種華麗詞藻吸引與誤導。

「湖山亭產屋」最讓我難忘的是，她的每一間房間都面對河口湖與富士山，連房間的風呂浴池都可以遠眺富士山，旅館頂樓的露天風呂當然更是個絕佳的觀景處。這家旅館很清楚她的最大特點，所以會定期舉辦在房間內拍富士山的攝影比賽，久而久之，旅館的服務生在耳濡目染下，個個都成為業餘攝影高手，當我拿起單眼相機請服務生幫我們全家拍照，服務生那種對鏡頭與相機的俐落，和敏銳的取景角度，讓我留下很深的印象，服務生幫我們拍的那幾張照片意外成為這趟旅行中最棒的作品。

「湖山亭產屋」的房間很大，面積達十四至十五疊榻榻米，在房內的窗邊或頂樓的風呂就可恣意欣賞富士山美景，不必氣喘如牛，費心奔波到湖邊的碼頭搭乘河口湖觀光船。晚餐更可在房內慢慢吃，在私密的空間內隨意享受美食，不必屈就別人眼神中的繁文縟節，也無須在大庭廣眾下裝模作樣。清晨與富士山一同被朝陽喚醒，我很難形容這樣的慵懶所帶來的徹底解放，果真是「身心靈同步得到滋潤」。

旅館旁邊約一公里外有座「河口湖美術館」，從旅館散步過去大約十五分鐘，看幅畫、點杯午後紅茶、坐看富士夕陽，無價。

到河口湖無須貪心地趕著景點，喝杯美術館的下午茶，找家好旅館泡上溫泉、吃頓飯睡個好眠，就已足夠了。

實用資訊

前往湖山亭產屋的交通方式：
由私鐵富士急行線河口湖站，搭乘開往甲府的富士急巴士約11分鐘，在湖山亭產屋前下車，徒步約10分鐘

湖山亭產屋
山梨県南都留郡富士河口湖町浅川10
http://www.ubuya.co.jp/

B04

遺世假期

藥師溫泉旅籠

在人類的內心底層，旅行有著「逃亡」的涵意，逃開鎮日疲乏的生活，逃避一成不變的煩悶日常，逃離那一張張以假面具維生的臉孔，逃出自己的「牢籠」。

每次到僻靜的旅館，就會喚起數年前讓我毅然從身心俱疲的金融市場逃出，帶著家人到這些旅館遺世索居的那段歲月。一趟趟的旅行讓我沖淡對職場的不捨與不甘，洗滌我在職場上所沾惹的金融喧鬧，在與世隔離的旅館角落中釋放從金融世界自我放逐後的孤獨雜念，但是多少人能耐得了那種被主流世界遺忘的隱世滋味呢？

每次的宿遊，總會把人的情緒重新挖掘出來。所幸，每趟旅行的忠實伴侶，我的妻、我的子，他們讓我不再感到被世界遺忘，和他們一次又一次的出遊是我此生中最滿足的收藏。

幾年前的一個冬天，我拖著已感冒大半年而無法痊癒的疲憊身體，從金融同業的尾牙宴後回到家中，看著已經睡著的兩個小孩，我想不起來上次和他們聊天到底是什麼時候了！卻只記得股票與債券的交易數字和那些成交明細的對話，我心中貪婪地計算年終獎金的多寡，以及打算向挖我角的敵對同業如何開出薪資與紅利價碼，掏起名片夾開始物色新東家的工作夥伴，哪一個比較聽話？哪一個等著我去挖？推敲著哪些客戶與哪些同事會隨著自己集體跳槽？該如何提防老東家對我的封殺……。

幾天後翻開了報紙，赫然看到前幾天邀請我赴尾牙宴的那位同業長輩，傳出過勞死的惡訊。我認識那位同業的長輩多年，他是我心中嚮往與學習的典範人物，認識那位長輩是在金融人員的訓練中心，他是講師，我是菜鳥，之後在我的金融職場生涯中，他一直是我請益與模仿的對象。相信許多人在職場中都會有這樣的一位長輩，他不見得是自己的主管或老闆，只是暗自欣賞與學習的「職場師傅」，只盼哪天能夠學到師傅的那一身本領，並追尋著師傅的職場腳步去建構或編織自己的夢想。

這位長輩也是同業的總經理，金融業的總經理更是我年少時期的夢想，夢想成為一個穿著得體、精明幹練且帶領著旗下員工衝鋒陷陣、開疆闢土。可是當師傅過勞死的消息，透過報紙冰冷的鉛字直透入我發麻頭皮的腦髓中，我看著老婆，望著年幼的兩個兒子，走進書房，寫了幾封信，一一轉告老東家、新東家與那些等著我去挖角的市場交易員和我的部屬們，告訴他們，我得逃離這一切，我要向他們請一次「沒有銷假日的長假」，有朝一日就算我想結束這場長假時，也絕對不會再回到相同的地方。換句話說，我選擇了拋棄職場的同時，也讓他們遺忘了我。

於是，訂了幾間日本鄉下，前不著村、後不著店，遠離大都市，荒郊野外型的溫泉旅店。三天後，我關掉了手機和電腦，也關掉了舊的人生，帶著疏離多年的妻兒來到日本群馬縣山區的溫泉旅館，逃離倚賴多年的金融資本家，帶著家人放逐般地經由天涯海角的遊歷，把自己徹底從一個職場鬥士蛻變成一個居家隱士。

日本群馬縣三面環山，擁有八十多個溫泉鄉，可說是溫泉之鄉，不僅有日本三大溫泉之一的草津溫泉、古色古香的伊香保溫泉、泉質道地的水上溫泉，

還有許多泡湯行家才知道的祕湯。群馬離東京不遠，從台北搭飛機到東京再轉個火車，當天便可以入宿於人煙稀少的祕境溫泉旅館裡！

尤其是在群馬縣藥師溫泉「旅籠」的那兩個晚上，我早已忘記當年入宿的理由。或許是她的名字「旅籠」，也許是想要藉由旅行解放自己心中的牢籠吧！更或許是這家旅館正是前不著村後不著店、無景點、無行程的「一軒宿」吧！

與多數溫泉旅館不同的是，旅籠不是那種鋪著奢華大紅地毯、挑高接待大廳、料理著頂級食材的百選溫泉飯店；也不是那種景氣高度繁榮下過多投資與鋪張的旅館，而是給我一種回歸鄉土與在地文化的反璞歸真。旅館的外貌是江戶時代農莊鄉土風格的茅草木造房舍，在偌大的旅館區域內保留了早期的農家屋舍，把一棟棟的茅草農舍原封不動保留下來。她放棄了擴充房間數目「大而無當的成長」概念，讓古樸的合掌型式茅草農舍成為旅館的景觀。

旅籠的料理不走所謂的高級懷石路線，她的料理重心在群馬鄉間新鮮的野菜、菇類和在地飼養的鴨肉和土雞，在地溫川與吾妻川捕獲的溪魚；她的鍋物中有著當地的信州味噌、地雞，伴著群馬有名的芋頭、蔥苗、野菜和當地有名的信州蕎麥烏龍麵；她的大廳放著一個暖洋洋的地坑爐，一杯麥茶的溫暖取代了奢華挑高大廳的酒酣耳熱，一間間百年驛站風格的古老客房與百年以上的古董陳設，取代了後現代裝潢的冰冷線條。

每間旅籠的客房都有個江戶風味的房名，如「高崎宿」、「永井宿」、「大笹宿」、「塚原宿」、「神山宿」……等等，保留著江戶期間南來北往的

「驛站」風情，置身其間似乎跌進時光隧道，夜半的風聲總讓人有股屋頂上有行走的刺客忍者的錯覺，星火疾行般地來往於德川幕府與地方籓主之間。兩百年歷史的旅館，一磚一瓦一草一木甚至連呼嘯的北風與飄落的白雪，似乎都透露著種種歷史的痕跡。

夜晚，我和兩個兒子泡過旅館的露天溫泉後，頂著零下兩、三度的刺骨寒氣，到旅館刻意保留當地江戶建築的老房舍屋頂去看星星。對我們父子三人而言，這是有生以來最長久的一段相處時光，仰望夜空滿天的星斗以及我們呼吸所吞吐的煙霧，天邊閃爍的星星幾乎觸手可及，夜色遮蔽了萬物只透露出黑色的山林輪廓，寒冬的北國夜晚當然沒有蟲鳴鳥啼，只聽見風吹的聲音，伴隨著抬頭望去飄啊飄的雪，天空被點綴成一道道銀河，掛在天際的星星不再孤伶伶，它們有白雪伴舞也有北風的低吟，還有遠從熱帶島嶼來的父子旅人。

我望著一對年幼的兒子在那興奮地打起雪仗，拋掉舊日種種加入他們嬉戲與成長的人生旅程，誰說旅程一定要有滿載的行程或喧鬧的玩樂呢？日本群馬藥師溫泉的旅行讓我任性地躲掉俗事的紛擾，也開啟了人生的第一次長假，當小孩不再需要我這個老爹的時刻，這趟長假才會結束。

如果有機會到旅籠一嘗宿遊的朋友，請告訴他們，你們是看了某位中年作家的文章後認識了旅籠。因為，那一年離去之前，我告訴這間彷如遺世旅館的老闆，有朝一日我會用我的文字把這裡的美，告訴我家鄉的朋友。

三天兩夜的遺世假期，讓纏擾我大半年的感冒，不知不覺地痊癒了。

實用資訊

前往藥師溫泉旅籠的交通方式：
在上野站搭乘JR「特急草津號」在「中之条站」下車（兩個小時），並在車站門口搭乘旅館接送小巴士（要提早預約，並告訴館方你的火車抵達時間），三十分鐘後便可抵達旅籠。旅館接待人員的英文能力相當流利，所以不會有溝通上的問題。
到JR吾妻線中之條站後，搭乘計程車或預約飯店接駁巴士約30分鐘。

藥師溫泉旅籠
群馬県吾妻郡東吾妻町本宿3330-20
http://www.yakushi-hatago.co.jp/

B05

神隱少女千尋之旅

澀溫泉 金具屋

湯田中澀溫泉區其實是兩個緊鄰不到半公里的雙子溫泉區，既然隔著那麼近，為何還要取成兩個名字？把它們合併成同一個名稱不就好了，這會比統獨問題更難解嗎？我認為不見得比較好解決，否則早就合併了，不是嗎？至於為什麼一定要把短短不到一公里的兩邊，取成兩個截然不同的溫泉地名呢？我也不知道！

看了我的答案後，讀者們一定會暴跳如雷，心想這是什麼遊記啊！然而話說回來，誰規定作者就必須要解答書中所提的問題，難道看投資理財的書就一定非得發大財不可嗎？只有那些別有用心的股票大師才會在文章當中直接告訴投資人解答，而這個解答就是明牌，大師解決了散戶的答案，散戶幫大師解決了出貨。投資食物鏈的生態正是如此，不必爭辯自己是否為大師的囊中物。

下榻的澀溫泉金具屋旅館，座落在一條不到四公尺寬的單線道古老溫泉街坂道上，可以想像當你開車進去人潮洶湧的迪化年貨大街的那種窘狀嗎？而下榻的旅館又是棟超過二百五十年的木造建築，溫泉街彎彎曲曲一邊靠著山一邊傍著溪流，旅館與商店又是一間間比鄰著，請問停車的問題該要如何解決？

這使我回憶起在台灣飯店碰過的停車窘境，我曾經下榻一家在台東知本溫泉排名前三名的溫泉旅館，將車開進其停車場時，發現她的機械停車場已經壞掉大半，花了二十多分鐘找尋車位未果後，只好找上櫃檯人員詢問還有沒有停車場時，櫃檯人員竟然叫我將車停在門口的大馬路邊。

還有一次我入宿高雄某家知名五星級飯店，不知道那天是不是有人舉辦喜宴還是百貨公司週年慶的緣故，當我要check-in前，僅僅停車入場就花掉我

四十分鐘去排隊等車位。check-in後將行李放妥，想要到飯店地下室開車外出訪友，連等電梯也花上十分鐘，車子從地下五樓開離飯店又讓我足足排隊二十分鐘，當我訪友後開車回飯店時，同樣又花了幾十分鐘排隊才能開進地下室，於是，第二天外出到高雄市區時，我就不敢開車外出了。

更有甚者，我住遍了台灣從北到南大部分五星級飯店，沒有一家吃早餐不用排隊。常見的現象是，台灣飯店的早餐，連喝一杯咖啡都要等上三、五分鐘，舀個味噌湯都得排在六、七個人後面。更叫人瞠目結舌的是，我還碰過併桌吃早餐的五星級飯店，台灣的觀光業想要進步，請先把「人權」擺在前面吧！服務不是用「量」來取勝，早餐更不是「豐富」兩字就可以讓旅客滿意，我曾經入宿過早餐只有三碟小菜、一碗白飯、一塊湯豆腐與一碗味噌湯的日本小民宿，卻讓我回味六、七年，至今逢人就推薦那家旅館。

回到澀溫泉，當我把車開到金具屋旅館門口以後，頓時之間，停車問題竟然立刻解決。二〇〇八年七月三日，我與家人開著車進入澀溫泉街的狹小街道，當我將車停在金具屋這家旅館門口時，旅館裡立刻衝出三個服務人員，第一個服務生幫我打開後行李廂，將一件件行李搬下車並扛進旅館內，第二個服務生與我核對身分後立刻拿出一張「保險證」請我簽名，上面填具了我的車的型號與車主，到底是什麼「保險證」呢？

沒錯！是停車的竊盜與損害險，費用由旅館支出，這個保險還包括了萬一我的車不幸遭偷竊與損害後，未來我的旅程中不管還有多少天，立刻會有一部同級的車子讓我代步。接下來，你應該可以猜得到，第三個服務生拿著我的車鑰匙，幫我停車去了！

好的旅館不會讓客人去擔心停車這些無謂的困擾，更貼心的是，第二天當我們退房時，車子已經開到門口，旅館把車子洗乾淨，還幫車子檢查胎壓呢。台灣的旅館真的要好好學習了。別說我不愛台灣，同樣是錢，會花在哪種服務品質上？

選擇金具屋其實有三個相當浪漫的理由，那些浪漫的東西在我的腦海中堆了很多年，第一個理由是每個愛好攝影的人都曉得的傳奇。話說十多年前日本鐵路公司（JR）受到泡沫經濟破滅影響下，營運出現了連續多年的赤字，搭火車的旅客與旅行者日漸稀少。有一天，長野縣某個小火車站的站務員，來到澀溫泉旁的地獄谷拍了幾張一群猴子泡在天然雪地溫泉中的照片，後來這張照片就獲選刊在當年ＪＲ東日本的公關月曆上，沒想到照片中野猴子那付陶醉與逗趣的模樣，引起了日本國內民眾的奔相走告，四處打聽照片中的溫泉到底在哪裡，意外地引發一股搭火車到長野泡溫泉的熱潮。一張照片讓澀溫泉與猴子泡湯的地獄谷一夕間成為名聞遐邇的旅遊景點，也帶動了整個長野縣的觀光業景氣。

走在以石板鋪陳的主街道「澀溫泉街」，三十五間木造、古色古香的溫泉旅館散落其中；建於一七五八年的木造溫泉旅館「金具屋」是其中最著名的一幢。除了擁有大約十種溫泉池以外，最具特色的是它的建築本體，看過宮崎駿動畫電影《神隱少女》的影迷應該覺得眼熟，沒錯！片中少女千尋工作的旅館「油屋」，就是用金具屋的外觀與內部陳設當成創作藍本而畫出來的，宮崎駿

是我選擇住這家兩百多年老旅館「金具屋」的第二個理由。

湯田中澀溫泉還有個特色，那就是「巡浴祈願」。在澀溫泉街這條長約一公里的街道，潛藏著一番湯、二番湯至八番湯，再加上結願湯共九間免費的公眾溫泉池任人浸泡享受。這九座公眾溫泉池並不寬敞，但卻相當古樸，充滿著日本傳統浴場的道地風味，而「巡浴祈願」就是要遊客連泡這九座溫泉。

第三個理由是歷史。這家金具屋創立至今已有二百五十年的歷史，全館共有四棟別具特色的純木造建築，二十九間房間也各有不同的風格。其中兩棟更

被日本政府視為文化保存古蹟，特別登錄為「有形文化財」，整館洋溢著濃濃的復古風情。

我十分偏好那些能傳承百年以上的老旅館，像是瑞士琉森湖畔的百年歐式旅館、南法鄉間百年酒莊所經營的旅店、日本鄉下那些躲過戰火的古老溫泉旅宿。尤其是夜深人靜的時刻，品嘗經歷過兩百多年的每一個階梯、門把或壁爐，想像著兩百年前行色匆匆的忍者們下榻於此，並在此商議著幕府大臣或主公所交辦的暗殺行動。住在這種經歷幾百年歷史的旅館，有如住在博物館內，兩百多年的傳承也讓她顯得與眾不同。金具屋堅持在旅館內不能穿任何鞋子，check-in與check-out時，為了怕客人的大行李箱碰壞兩百多年的老樓梯、扶手門把與大廳的地板與擺設，旅館堅持完全由服務生來做這些活，一來可以降低損害、二來提高服務品質。

「對於歷史，任何的損毀都是無可彌補的遺憾！」當我坐在金具屋兩百年宴會廳「大広間」用餐時，我不禁以眼角瞄著屋頂的梁柱上有沒有藏著甲賀流的忍者。

我拿著相機夜探這條古老溫泉街，神社前的長長階梯顯得深不可測，彷彿正在舉辦不能讓凡夫俗子參與的神祕祭典；我踱步到窄小古街的盡頭足湯處，交疊雙腿浸泡在深夜的暖暖問候中，舉目遠望眼前的溪谷，景色寧靜如畫般吸引著我，徒步穿越小橋走到夜間的溪流畔，腳旁的流水遞送沉沉的轟隆聲，水氣內透著一點山間泉源滲進的暖意，我不知道這是不是那群野猴泡過的泉水，但是，我知道，我來對了地方。

實用資訊

搭火車旅行的朋友，如何抵達湯田中澀溫泉呢？從長野站搭「長野電鐵」的長野線到終點湯田中站下車，再轉乘上林線路線巴士，於澀溫泉站下車即達，車程約70分鐘，對小布施有玩興的旅人也可以選擇在小布施站「中途下車」。

澀溫泉金具屋

長野県下高井郡山ノ内町

http://www.kanaguya.com/

C01

日本第一氛圍

黑川溫泉 黑川莊

只要保持一顆持續探索的心的人，便會遇到驚喜。

台灣股市有一檔股票叫做「宏達電」，在二〇〇二年以前，宏達電只是一家沒沒無聞的小公司，在業績與盈餘的表現上更是毫無亮點可言，然而，從二〇〇三年起，宏達電開始藉由智慧型手機嶄露頭角，從此每年幾乎都是台灣股王或獲利冠軍的熱門候選股之一。

九州熊本縣南小國町的黑川溫泉，在日本的溫泉界就像台股的宏達電，書寫出一頁日本溫泉史上傳奇的歷史。在上一世紀，黑川溫泉只是一座不起眼、被人視為鄉鄙野湯的溫泉，在一九九〇年泡沫經濟破滅，當日本絕大部分溫泉旅館陷入經營危機時，黑川這個小地方卻悄悄崛起。經過地方人士與業者施以整體社區營造之後，黑川溫泉有如醜小鴨變天鵝，從二〇〇三年起到二〇〇九年連續七年蟬聯日本「最有氛圍的溫泉」第一名，從二〇〇三年起也連續七年入選「日本最佳溫泉」前五名。然而在上個世紀，黑川溫泉最佳的排名僅是第九十三名，從這個最有公信力的「日本觀光經濟新聞社」的排名，可以清楚地感受到黑川溫泉的脫胎換骨。

日本「最有氛圍的溫泉」，除了多年蟬聯榜首的黑川溫泉以外，名列前茅的還有由布院、草津、城崎、道後、銀山、雲仙、白骨和乳頭等溫泉區，令我不解的是，這些溫泉大多不是台灣旅行團經常造訪的地方，可見，跟團式的旅遊除了走馬看花以外，無從體會真正的風呂氛圍。

黑川溫泉區內的旅館沒有因為生意好就擴充規模，因而保存小巧古意的溫泉村落原型，在黑川溫泉街上絕對看不到西式的新飯店。她們在原本可以用來

擴充房間數量的空地上大量種樹，讓黑川溫泉區除了黑釉色的江戶樓宇外，保留一片綠色的樹海。而原來各旅館與店鋪五顏六色的屋頂、窗臺與招牌，統一都改為黑色。每間旅館都有各自獨特格調的露天風呂，黑川溫泉還發售類似聯合泡湯券的「入湯手形」，提供旅人可以在不同三家業者處泡湯，讓旅客也可以體驗下榻旅館之外的其他風呂，刺激旅客想要再度光臨黑川溫泉的欲望，我認為這種方法是一種良性競爭且共同合作的良好觀光典範。然而，雖然黑川溫泉的外貌、氛圍與旅館陳設有著濃濃的典型江戶復古風情，但是旅館的菜餚卻強調歐式與和式的混搭型料理，以吸引年輕族群的客人。同時也因為黑川溫泉的旅客多數是年輕族群，自然也吸引了眾多媒體的採訪興趣。

我很重視溫泉街的氛圍，當享受一頓頂級豐盛的溫泉會席料理後，總會想穿著浴衣、木屐，牽起妻兒或和朋友勾肩搭背到處逛逛，然而多數溫泉區不是沒有商店街，不然就是溫泉旅館過於分散，以至於無法形成所謂溫泉街，否則就是像加賀屋那種大型華麗的旅館，乾脆在旅館裡頭開了幾間賣紀念品的商店，除了騙騙對日本溫泉不太內行的外國觀光客以外，毫無一絲日本傳統溫泉街的懷古氣氛。

黑川溫泉的二十四間旅館，幾乎集中在這短短不到兩公里的溫泉街兩旁，每間旅館全部都是江戶時期風格的木造古式建築，大半都是那種不到二十間房間的小型傳統日式溫泉旅館。溫泉街道刻意不去擴充，連兩部小客車會車都很困難，正因如此，黑川溫泉看不到搭著遊覽車前來的吵雜旅行團，由於前往黑川溫泉的交通並不是太方便，於是讓黑川溫泉有股閒雜人等難以接近的孤僻。

溫泉街沿著田之原川的兩岸，木屐踏在石坂路所發出的豪邁步伐聲，伴著潺潺溪水的天然奏鳴，欣賞棟棟古屋所形成的時空錯覺，吃著一旁店舖販售的和果子或阿蘇冰淇淋，拿溫泉手形券在一家家旅館之間泡湯串門子，回程伴著滿天星空，這才是我要的行程。

「不排景點，只想要從旅館移動到下一個旅館」這種旅行模式，黑川溫泉顯然是首選行程。

我下榻的是「黑川莊」，選擇這間旅館的理由有三，一是她位於田之原川的相對上游，略為遠離溫泉街（其實也不過三、四百公尺）罷了，圖一點靜中取靜。二是她位於國道旁，對於開車族而言比較方便，因為我不想駕著二五○○ＣＣ的小車（台灣前經濟部部長曾表示三○○○ＣＣ只是小車）擠進狹小的溫泉巷弄裡面。三是她有熊本獨特的馬肉料理，對於什麼都想嘗鮮的饕客當然要趁機品嘗一番。

黑川莊內的建築，都是巧妙利用飯店旁的山壁岩石所修建，是日本溫泉中罕見的天然岩石風呂池，泡在其中似乎帶有「面壁」的禪修氣氛；更讓我驚奇的是一九九○年才落成的黑川莊，卻有宛如百年歷史以上的室內陳設與仿古氣息。讓人安心的是，黑川莊服務人員的英文程度還不差，不必擔心溝通不良。

黑川溫泉附近一帶的公路風景相當漂亮，南小國町沿途的高聳杉木林、草千里一望無際的高山草原、阿蘇火山的熔漿奇景，以及處處可見的小巧美術館博物館，順便還能在阿蘇的小鎮內找一家和牛燒烤店大快朵頤一番，所以隨意駕車是阿蘇－黑川地區的最佳遊憩方式。

旅行除了休憩以外，不妨也藉由所見所聞去改變自己。身處於異國不熟悉的環境中比較不會受限於原來制式的思考模式，經由旅行帶來的身心靈鬆綁，還可順便放鬆自己的腦筋一番，是旅途中會帶給我的額外紅利。這趟黑川之旅改變了我的一些思維，了解到黑川溫泉的蛻變，是基於「不擴張」這個另類法則。

在我的職場生涯中，所見所聞都是增加產能、擴充市占率、競爭，華人文化的人定勝天遊戲規則從古至今被我們遵循與歌頌，對於經濟更是簡化成「成長」與「量產」的低階概念。但是我看到黑川溫泉的業者，他們不會因為生意好就去從事擴張，而是在旅館的空地上種滿樹木，放棄開發與成長這種低階目標來換取「全日本第一氛圍」的高階成就。用「聯合泡湯券」的業者集體合作來取代本位主義的惡性競爭，不禁讓人欽佩起黑川溫泉的業者的勇氣，願意放棄眼前的短期利益，去換取長期綿延不絕的商機。看到近十年來台灣一些觀光業者如谷關、知本與寶來等溫泉，不停地破壞自然去滿足短期的客戶需求，終究抵擋不住大自然的反撲，而落到人類與自然兩敗俱傷的下場。

在黑川溫泉的旅程中，讓我重新省思自己在創作這條路的價值，是譁眾取寵，大量在媒體消耗自己的能量？還是默默地一字一句筆耕出底蘊厚實的長久力量呢？學習如何在旅程中窺探世界，也學習如何藉由世界來看透自己。

一如黑川溫泉，她販賣的不是奢華設施，不是頂級料理，不是光鮮外貌，而是最難以複製的「氛圍」。

離開黑川溫泉，我知道自己的生命已經朝更美好的方向繼續前進！

實用資訊

前往黑川溫泉的交通方式：
最佳方式是租一部車自行駕車前往。若無法駕車前往，由於黑川溫泉沒有鐵路經過，所以只能搭乘公車，九州地區一共有三家公車業者行駛黑川溫泉。
一是「九州橫斷巴士」，從熊本站發車，橫越整個九州中心的阿蘇火山到九州東岸的別府，每天從熊本與別府各對開四個班次，熊本站發車時間為8:30、9：40、10：00、14：20，到黑川溫泉大約是二個半小時，特別要注意的是，其中10：00這班巴士，會在阿蘇火山停留90分鐘，如果不想參觀阿蘇火山或草千里的話請搭乘其他三班車。
第二家公車業者是「西日本鐵道巴士（簡稱西鐵）」，每天上下午各一班從福岡的博多車站到黑川溫泉的直達巴士，到黑川大約3小時。
第三是JR巴士，每天從別府發車，沿途經過由布院溫泉、黑川溫泉、阿蘇神社（旁有阿蘇火山口纜車）、阿蘇站，然後再從阿蘇站原路折返到別府溫泉站，但是一天只有一班車。所以，每天前往黑川溫泉的巴士只有六班，如果還想順道一遊左近的草千里、阿蘇火山或夢吊橋，還是租部車比較方便。

黑川溫泉黑川莊

熊本県阿蘇郡南小国町満願寺6755－1
http://www.kurokawaso.com/

C02
古湯溫泉
慢轉的擺渡
吉花亭

對於某些人而言，旅行中最大的樂趣是認識新朋友，但我卻覺得這挺掃興的，好不容易存點錢擠出幾天假期，拋開台灣的一切，忍受搭飛機遇上亂流與機艙的窒息感，終於可以自由徜徉在異國時，身邊卻突然冒出一群急著要和你講話的台灣遊客，用一種偽裝的模樣和你聊一些自己不想談論的話題。跟團旅行便有這些困擾，所以盡可能選擇在台灣沒有知名度的旅館，也是一種「避險」的方式。

當然，在外國自行駕車更是一種避免碰到自己同胞的好方法，連大眾交通工具都避開了，自然可以獲得一趟完完全全的異國之旅。

同樣是自助旅行，自行駕車與搭乘大眾交通工具的最大不同在於，自行駕車可以自主控制旅行的節奏和彈性，不會像大眾交通工具受限於時間與空間。

到異國開車旅行，我至少都會安排八、九天以上的行程。有趣的是，第一天的旅程從租車處取車開始，總是會有一種莫名的陌生感，即便我已經不是首次在日本駕車旅行，第一天還是會有一種不熟悉感，或許是因為日本與台灣完全相反的右駕左行，或許是因為日本的交通系統和台灣不一樣吧；通常第一天我都會很專心在路程上，不太敢在途中做過多的逗留，於是，往往七早八早就抵達目的地，我稱這種心理為「快轉的旅行」，因為不熟悉所以更形專注，因為陌生所以不會安排太多行程。

在我的年輕歲月，因為害怕學識不足而拚命考上最好的台大；因為害怕錯過最愛所以選擇早婚；因為害怕貧困而戮力工作賺錢；因為害怕被職場淘汰而選擇積極跳槽，以至於，「快轉的人生」成為我的宿命，比別人早好多年結婚

生子，比別人快好幾年達到財務自主。三十五歲以前的生涯中，我曾經度過一天工作十六個小時的「快轉」工作，也曾經在「連續工作九十天不放假」的金融業上班過，在三十歲之前就完整地建立了我的「家庭團隊」。

相信許多人會羨慕這樣的快轉歲月，然而，快轉過後呢？就如同一趟快轉的旅程後，萬一下榻一間糟糕透頂的旅館，那一切快轉的努力將會變成沒有意義，所以不論是旅程還是生涯規畫，快轉過後往往得學會放慢腳步，停下來回顧過往一幕幕的人生風景，凝視一下因快轉而提早抵達的旅程盡頭，有著什麼樣的饗宴等著我去品嘗。

一趟又一趟的旅行正好讓我的快轉人生放慢腳步。所幸，在我快轉的人生或旅程之間的每個休息站，都沒讓我失望。

位於九州佐賀縣古湯溫泉的旅館「吉花亭」，也沒讓提早check-in的我失望。

選擇下榻的旅館一如選擇跨國投資一樣，最大的祕訣在於蒐集「在地觀點」，而非去接受仲介業者的行銷語言。一趟自助旅行的成敗有如選擇海外基金，入宿季節和在地觀點是兩大關鍵，不論是旅行社或基金公司，他們建議的目的只是讓他們自己的「利益極大化」罷了。

多年來，我用「在地標準」所選擇下榻的溫泉旅館，幾乎不會碰到「地雷」。我蒐集日本溫泉的「在地觀點」主要來自兩項：一是「日本觀光經濟新聞社」的排名，如TOP 100旅館，或最有氛圍的溫泉排行榜等，從中去選擇你想要去的溫泉，並根據自己的預算去篩選。第二種是專業旅遊雜誌，如《溜溜步》（るるぶ，rurubu）之類的「讀友票選」，通常這類雜誌會介紹許多溫泉旅館，不論照片還是版面美編都會讓人看得眼花撩亂，不過真正有用的資訊是定期讓訂戶票選的「九州最受歡迎的十間風呂」或「北陸最受歡迎的十間溫泉飯店」之類的排行榜，從中真的可以挑出許多優質的旅館。

這間吉花亭就是透過「在地觀點」所知悉的。佐賀縣對於台灣旅客而言，除了「佐賀的超級阿嬤」外大概沒有多少深刻印象，比起長崎、熊本、鹿兒島或大分這些縣份，知名度相對不高，就算一些日本旅遊行家頂多知道嬉野溫泉、有田燒之類的地方，所以對於日本人而言，古湯溫泉是相當冷門的地方，在這種冷門的鄉野，竟然有吉花亭這麼一間年年被日本人排名在九州前五名的溫泉旅館。

這座旅館的規模並不大，只有三十間房間而已，絕對不會大清早起來就碰到一群趕鴨子似大呼小叫的旅行團；這座旅館的設備卻不少，她擁有大大小小二十多座各式溫泉風呂池，絕對不會在大眾溫泉池內碰到有如下水餃般的洶湧人「潮」。

這家旅館最值得我再三回味的是她的溫泉。除了有立湯、寢湯、露天風呂等十多種樣式不一的溫泉池子外，還有個人蒸氣烤箱，以及一座用檜木打造成的足湯，泡足湯時可以看看書，或晚上邊泡足湯邊看星星。更有趣的是，吉花亭還有沙浴浴場，就是那種用滾燙的沙將人埋起來的沙浴……，大大小小將近三四百坪大的溫泉樂園是她的特色。以她最多只接待三十組客人的人數來相比較，這間吉花亭簡直就是泡湯者的天堂，極少的客人與極大極多樣的風呂，簡

直有如帝王般地「獨享」頂級風呂。

吉花亭給我的另一個驚喜還有她的收費，各方面條件不輸給百大溫泉旅館，但是卻只有百大溫泉旅館的一半收費。

快轉過後的旅程，可以在旅館中放空一切，用緩慢來擺渡後半段的步調。至於你若問我，人生如果可以重來的話，願不願意再上緊年輕歲月的發條呢？我的答案是：「我不知道！」

說真的，我花了好大的力氣，才懂得現在自己的生活。但是，明白自己的極限，不再做非分之想，究竟是一種了然，還是一種屈服呢？到了中年，恐怕再也無法快轉自己的人生，也沒有必要了。

實用資訊

前往吉花亭的交通方式有二：
一是開車從「長崎自動車道」的佐賀大和IC下交流道，沿著323號國道約15分鐘就可抵達。二是可以在JR佐賀站搭乘旅館的接送巴士，而前往佐賀的方式是在福岡博多站搭乘JR長崎本線，車程三十多分鐘。

古湯溫泉吉花亭
佐賀県佐賀市富士町古湯
http://www.kikkatei.co.jp/

C03

天橋立 文珠荘

美味的救贖

年過四十歲以後，旅行也從「出去走走」，再加上「出去吃吃」，因為旅行之所以會讓一個絕望的可憐蟲變成心情愉快的樂觀主義者，主宰意識的不只是大腦，還有我們的胃。

除了松葉蟹外，還有哪個日本一級美食有如此誘人的「救贖」與「解饞」功力呢？

松葉蟹是日本三大蟹（帝王蟹、松葉蟹、毛蟹）之一，一隻成熟的松葉蟹要經過二十四年才能長成，由於產量稀少，日本政府一年只允許十一月六日到三月二十日期間能捕捉。其棲身地從日本本州北陸的福井縣至京都府的丹後半島再到兵庫縣海岸一帶，約十五公里至二十公里外的日本海海域，在水深約二百至四百公尺、水溫僅約攝氏五度的海底中。松葉蟹按捕獲地區所在而被冠以不同的名稱。如福井三國漁港一帶捕捉的稱之「越前蟹」；兵庫、鳥取、島根等縣稱「松葉蟹」；石川縣則稱「加能蟹」；另外還有一些以漁港為名者，如兵庫縣津居山港的「津居山蟹」，以及京都府丹後半島間人港的「間人蟹」，香住漁港的「香住蟹」；若運到大都市販售，在關東被稱為越前蟹，在關西被叫做松葉蟹。

此外，公松葉蟹的腳長達七十至八十公分，也可以稱之為「楚蟹」（ズワイガニ，Zuwai Kani），楚的日文原意是指細長的小樹枝。

想要品嘗松葉蟹有兩種方法：

一、親赴漁港：福井三國港、京都府丹後半島間人港、兵庫山陰海岸香住港、柴山港、津居山港和鳥取賀露港，其中交通比較方便的有三處。

1、福井三國港：在福井車站搭乘「えちぜん（Echizen）鐵道」三國蘆原線，在三國港站下車（車程五十分鐘）。
2、兵庫山陰海岸香住港：從大阪搭山陰本線特急はまかぜ（Hamakaze）號，香住站下車（車程三小時又二十分鐘），再轉公車（全但巴士）到香住港（岡見公園），巴士行駛需時七分鐘。
3、鳥取賀露港：從大阪搭智頭特急線火車，約三小時十五分鐘抵達鳥取市，再搭乘計程車約十五分鐘可達賀露港。

二、入宿溫泉旅館。
1、天橋立溫泉。
2、城崎溫泉。
3、湯村溫泉。
4、三國溫泉。

這四處溫泉區的交通都十分方便，其周遭也有些可順道一遊的景點：例如天橋立溫泉附近有日本三景之一的天橋立沙洲；三國溫泉旁邊有東尋坊；而城崎溫泉本身就是一個復古氛圍相當濃厚的溫泉街。

艾倫・狄波頓在《旅行的藝術》裡談起：「在所有交通運輸的模式中，火車也許是對思考最有利的一種，因為坐火車所看到的景色不像乘船或搭飛機那樣單調，速度不至於慢得令人生氣，也不至於太快，讓我們仍能分辨窗外的景物。」

到松葉蟹故鄉，火車是最好的交通工具。

我的朋友！無論如何，你可以不喜歡日本，你可以不去日本其他地方，但請你務必在此生安排一趟松葉蟹之旅。當你吃到那一道道松葉蟹料理後，你就會領悟我所謂的救贖之要義了。

尤其是天橋立溫泉的文珠莊旅館。

到天橋立的方法是，從京都站搭乘山陰本線的特急はしだて（Hashidate，天橋立）號，所需時間約兩個小時。我建議在JR二条站上車的原因有二：一是住的旅館離二条站比較近（京都大倉飯店），二來也可利用等車時間順遊車站旁的二条古城。從京都到天橋立的特急班車一天只有四班往返，一旦錯過班次將會十分麻煩。

元月底早上十點的京都二条站，沒有多少等車的乘客。別說這個月台會有什麼新鮮感，更無須期待會像英國倫敦王十字車站九又四分之三月台，引領著我這位台灣來的麻瓜跨入魔法的世界，然而，光是寒冬的山陰地區日本海就足夠令人期待了。稀疏的候車客人哆嗦地躲在月台的暖房休息室，冬天京都的大部分地方都是如此地與喧囂徹底阻隔，不一會兒，準時的JR山陰本線進站。

「山陰」這地名總帶給人鬱暗的印象。

就在回程中，我碰到了旅遊史上最大烏龍。從天橋立回京都，當天一大早我便很從容地退房，旅館的接駁車也很準時地送我們到天橋立火車站，我預定要搭的列車是九點五十六分從天橋立出發的特快列車，十二點零三分可以抵達京都，而預定要搭下午二點五十分從京都發車的關西空港特急號火車到機場，

所以從中午十二點到三點這段空檔期間，我和家人可以把大行李寄放在車站的大型投幣式置物櫃，悠哉地逛逛京都車站大樓上的「拉麵小路」美食街，大啖兩碗重口味的關西拉麵，還可以在京都車站樓上的伊勢丹百貨好好地再踅個一趟。

然而計畫永遠趕不上變化，當我們在天橋立月台正要上火車之前的一剎那間，發現護照遺落在旅館內。但是火車不會等人，於是只能留下來返回旅館取回護照。拿護照很快，十分鐘後就拿到了，但是下一班從天橋立車站發車的天橋立特急往京都的班車時間是下午一點五十三分，到京都的時間是四點零三分，而接續從京都到關西空港的班次時間是四點四十分，抵達機場的時間則將近六點。如果是這樣，那根本就不用趕了，因為還沒到機場的劃位櫃檯，恐怕航空公司都已經關櫃了。

怎麼辦？不用急！先找車站的站長，日本的站長各個都是所謂的鐵道時刻表專家（喜歡看日本本格派推理小說或柯南系列卡通的讀友都曉得，日本推理小說很喜歡用列車與交通工具的班次間隙來殺人，以便製造不在場證明之類的劇情），當我拿著車票與JR PASS給站長時，他立刻拿起時刻表告訴我下列的班次：

- 十點十九分從天橋立發車到宮津站（十點二十四分抵達）
- 十點三十分從宮津站搭乘「北近畿タンゴ（Tango）鐵道宮福線福知山方面」到福知山站（十一點二十三分抵達）
- 到了福知山站後走出北近畿タンゴ鐵道車站到隔壁的ＪＲ車站，轉搭十一點三十九分發車的ＪＲ山陰本線。

於是我們終於在下午一點半順利抵達京都車站，雖然拉麵沒法吃了、街也不用逛了，倒是有一種劫後餘生的快樂呢！

其實這是有風險的，當時是一月底，丹後日本海附近的氣候雖稱不上有暴風雪，但是雪勢與積雪量也挺嚇人的，要是任一班次火車受大雪延誤個幾分鐘，整個「時刻表計畫」就會完全破局，因為我就曾經被困在日本火車上達四個小時。第二點是，我們全家扛著大行李，在宮津站與福知山站用跑百米衝刺的速度，變換與上下月台，甚至在福知山站還要跑到隔一條街的另一個火車站，只要一個閃神看錯指標上錯月台，恐怕也會趕不上火車。各位要知道，關西地區的鐵路系統相當各自為政，明明從京都到天橋立是同一條鐵路，北半部是屬於北近畿鐵道公司，南半段是屬於ＪＲ公司，連買個車票都要買兩張，否則還不能坐呢！

這個經驗給了我一個很大的教訓，這個教訓並非要記得檢查護照機票，而是不論到哪一個國家旅遊，不論多麼深入這個國家的荒郊野外，安排一趟旅程的最後一晚，一定要乖乖地回到回國班機機場所在地。試想，如果這一次的miss，當天並非是要趕到機場回台灣，而只是要回京都的旅館或另一個景點，那大可把行李寄放在天橋立車站，索性在天橋立地區多賞雪幾個小時，頂多就是晚一點到京都飯店check-in罷了。

旅行，從頭到尾就是不斷地解決問題。你該如何從一個地方玩到另一個地方？到達之後該如何解決吃住的問題？要如何運用自己的時間，才能玩得盡興？怎樣才能使店員壓低價錢？除了旅行，你能從別處學到同樣的心得嗎？當然，別忘了，唯有在陌生的環境裡，既沒有熟人熟地的情境支援，也沒有人情的壓力或包袱，你才有可能還原成初生之犢，既脆弱又大膽，遇到任何難題，願意嘗試別出心裁的解決方式。

天橋立文珠莊是我選擇下榻的旅館，先談談它的設計者「吉村順三」，他可是大有來頭的建築師，在他的作品當中，比較知名的是京都超高級旅館「俵屋」、箱根小涌園飯店、奈良國立博物館、嬉野溫泉大正屋旅館。

文珠莊座落在天橋立運河畔，在房間內就可以眺望運河上來往的船隻，運河畔的成排松並木與運河融成絕佳的窗景，旅館從大廳、走廊到客房，採用百分之百純粹和風裝潢，事實上日本這種百分百純度的和風旅館已經越來越罕見，多數日本溫泉旅館西化程度越來越高，像文珠莊這種連燈座、窗櫺、保險櫃、走廊、木柱、樓梯……完全保留日式風格彷如百年老店，已經不多了。

對於不諳日語的外國自助旅行者，文珠莊有英文服務，而且只要事先聯絡，文珠莊也有專車到「天橋立」車站載客，不過，旅館與車站的距離相當近，車程只有三分鐘。

說到旅館，就可以藉此說明一下，常常有人問我去日本旅遊的花費，可不可以寫出費用明細，可是我坦白告訴各位不可能，就以文珠莊為例，不同季節的住宿費用就有三到五成的差別，就算同一天入宿，也會因為餐點的不同而會有相當的費用級距落差。同樣是入宿文珠莊，跟團所吃到的松葉蟹只是三到四隻「冷蟹腳」；以我特別升級到「一人一隻松葉蟹」的餐點來相比的話，鐵

定比跟團貴上幾千塊錢。好的東西很難大量複製，只能根據預算多少去安排不同等級的行程，你的餐點是要整隻松葉蟹，還是一份冷冷的蟹腳便當，老話一句，自行決定。

每個在冬天入宿文珠莊的旅客，所期待的重頭戲當然是松葉蟹，這時，旅館會很貼心地幫客人準備額外的客房飽嘗螃蟹大餐，這種貼心的服務，是我下榻近六十間溫泉旅館首見。大家都知道，好的溫泉旅館是強調在「房間」享用料理，在房內享用料理的好處就是私密不受其他客人干擾，且不必在乎吃相坐相與談話內容，但缺點是容易弄髒房間，以及會有房間的一些私人衣物（如女生的內衣褲）曝光的尷尬，因此文珠莊竟然騰出額外的客房讓客人用餐，實在是相當貼心。

松葉蟹最道地的吃法是一人一隻，先嘗蟹膏、蟹肉沙西米，之後用冷蟹與炭烤蟹腳；火鍋呢，則是先將蟹腳放進去涮，品嘗後再把蔬菜與蟹身放入一起煮，最後將食材撈起用高湯煮雜炊粥做為結尾，也就是一蟹六吃：蟹膏、沙西米、冷蟹、炭烤、火鍋與雜炊粥等六道吃法。服務生會一道道幫客人料理，不會像中秋烤肉般地手忙腳亂。由於旅館就在產地旁，加上服務生當場幫客人服務，所以比起那些在日本大都市的螃蟹連鎖店，我只能說好吃一百倍。

天橋立的沙洲到了冬天，入夜後會有小雪飄飛，白雪做伴明霧薄，隱約不群天嬌顏，一切都在迷茫中；一夜雪後，沙灘抹上了銀白粉粧，清晨時海風凜凜，零下十度的透心刺骨，樹枝全白了頭，四周景象蕭瑟，晨間景色幽奇，朝霧瀰漫，遍地白霜布滿茫茫無際的白雪海灘。

溫泉＋火車旅行＋松葉蟹＋白雪＝冬季幸福四要素。

實用資訊

前往天橋立文珠莊的方式：
自北近畿丹後鐵道「天橋立」站下車，徒步約3分鐘可抵達飯店，亦可於天橋立站預約搭乘飯店接駁巴士。

天橋立文珠莊
京都府宮津市天の橋立海岸
http://www.monjusou.com/monjusou/

C04

贛江贛河一九二九

水上館憶起

旅行可以把人脫離日常，放空一切他人加諸在自己身上的期許，也唯有在這樣的時空下，才有可能重新打造出一個全新的自己，在旅途中我只是個過客，沒有人知道故鄉的我是什麼樣子。在日本旅行，因為亞洲人外貌的酷似，所以不會特別引人側目，有了語言文化的隔閡，反而可以享受那股旅行的抽離感。

短期旅行所追尋的往往只是驚豔一瞬，而這個驚豔一瞬不單單只是視覺或味覺，也包括聽覺，和經由聽覺觸動出自己各種情感的起源。我經常問自己，為什麼如此沉醉並著迷在溫泉和溫泉旅行？在群馬縣水上溫泉的水上館，我終於找到了答案。

水上溫泉位於日本北關東地區的群馬縣，群馬縣可說是日本數一數二的溫泉鄉，除了水上溫泉以外，比較知名的溫泉還有鼎鼎大名的草津溫泉、伊香保溫泉，以及四万溫泉、藥師溫泉、赤城溫泉、萬座溫泉等上百個溫泉區。對於只習慣東京、京都與北海道的台灣旅客而言，也許連聽都沒聽過這些溫泉，但是可能大家不曉得的是，這一帶可是台灣自由旅行者的天堂。在群馬縣裡面不起眼的鄉野僻靜風呂，乘客稀疏的山間小火車，一條條只有日本人才曉得的登山小步道中，幾乎都可以碰到台灣去的自助旅行者，在我六趟赴群馬縣旅行的遊歷中，每次都會產生「這種地方，怎麼也會有台灣來的觀光客？」的驚訝。

為什麼？一來群馬縣的景色是大關東地區名列前兩名的地區（最棒的當然還是日光），二來是交通便利。群馬的一些溫泉區，距離東京僅需搭個二到三小時火車，沿途看看車窗外風景、讀本書、吃吃鐵路便當、和家人聊聊天，不知不覺就抵達群馬溫泉區，輕鬆地在下午兩三點入宿旅館。

前往水上溫泉的方法很簡單，在東京的上野站搭乘ＪＲ高崎線「特急水上號」列車，在水上站下車即可（水上站是特急水上站的終點站），車程約兩個半小時。不過請特別注意的是，「特急水上號」車廂和「特急草津號」車廂是「共用」班車，在上野的起站是相連在一起，過了中途的「新前橋」站以後便會分道揚鑣，所以當你在上野站要上車之前，請注意一下別走錯車廂。

不過，這也無須過於擔心，你只要問列車長或站務人員，他們便會告訴你，哪幾號車廂是到草津的，哪幾號車廂是到水上的。不懂日文也不用怕，你只要寫下「水上」兩個字，然後擺出一種疑惑的眼神，用手比著車廂，開口問「this car desuka~」這種破英日文，列車長就會告訴你正確的車廂。當然，如果你是用買車票的方式，車票上面自然會印出正確的位置，不會有搭錯車廂的問題。至於持JR PASS搭自由席的旅客，除了用問的以外，其實也不須煩惱搭錯車廂與否，因為當列車從上野站發車後沒多久，列車長便會開始來回查票，當他看到持有JR PASS的旅客時，他會詢問你的目的地是哪一站，萬一你搭錯車廂的話，他也會指引你到正確的自由席車廂。換言之，日本火車上的服務人員比你更不希望你搭錯車。

就算陰錯陽差搭到草津，也沒關係！那就當成額外的迷途旅程吧！

水上溫泉附近的景點有尾瀨國立公園與隔一座山頭的日光，而順著水上搭火車往北三十分鐘可以到越後湯澤，不然也可以搭回程班車在「大宮」站下車去玩一趟「鐵道博物館」；如果你是個熟門熟路的日本通的話，也可以搭巴士往更上游的寶川溫泉，去體會一下關東最大戶外露天溫泉的滋味。

水上溫泉的水上館是平成二十二年（二〇一〇年）日本旅行新聞新社所公布的百大溫泉飯店第三十五名（前一年是三十七名，已經連續五年處於名次上升階段）。水上館位在放眼望去就能欣賞到代表水上溫泉的谷川岳和利根川迷人風景的位置。

除此之外，她還和台灣的光武工專（現已改名北台灣科技學院）產學合作，旅館內固定有幾位台灣過去的實習生，所以連中文、台灣話在水上館都講得通。

水上館的溫泉分為三大類，水晶浴場、牧水溫泉與奧利根八湯家族風呂，大大小小一共有十六個溫泉池。更特別的是在於她的「聽覺饗宴」，她座落在利根川畔，不論是露天風呂、旅館大廳、門口還是房間客室內，都可以聽到利根川的湍急水聲，尤其是春夏之際，湍急的河水拍擊兩岸岩壁，磅礴的水聲氣勢合奏出一齣上天賜予旅人的幸福協奏曲，躺臥在戶外的風呂內伴著天籟的洗滌，我想起了童年的往事，那些關於外公與我的故事。

我的外公叫做黃興發，他是江西（簡稱贛）云都縣人，他不同於一般外省人，他講台語比講普通話流利一百倍，特別是他並非在一九四九年隨著戰敗的跑路政府轉進台灣。他來台灣定居的時間是一九二九年，那時候他大約才十三、四歲，是一位「打棉被」（註）店鋪的學徒，當年江西的云都縣與鄰近縣城是全中國打棉被產業最發達的地方之一，那裡打棉被師傅的手藝也是海內外數一數二，尤其還外銷到日本。

註：打棉被又稱彈棉被，早期製作棉被全以手工彈打，棉被按顧客所訂製的尺寸製作，將棉花平鋪在工作床上，彈棉花是製作棉被的重頭戲，工匠腰背繫一支長竿子，頂端垂落一條繩子繫掛著大弓，彈時左手扶弓，右手持木槌敲打弓絃，原來一團團密實的棉絮，在弓弦的彈動下漸漸變鬆，並且彼此牽連成一床形，技巧高超的工匠，彈打的棉被，蓋起來鬆鬆暖暖，又不會結成塊狀。近代人造纖維、毛料棉被，以及機器棉被出現後，「打棉被」也變成夕陽行業，從一九七〇年代後便漸漸走入歷史。

一九二七年，國共第一次內戰（有別於一九四九年的第二次）在江西的南昌爆發，從南昌打到贛南再打到湖南，整整五年，整個江西省籠罩在國民黨與共產黨的內戰戰火下，往往這個月國民黨擊退共軍，到了下個月共產黨游擊隊又不知從什麼地方冒出來趕跑國民黨，經常碰到一個鄉的臨近兩村落分別被國民黨與共產黨的軍隊把持著，兩軍就隔著溪的兩旁或田梗的兩旁，隔空砲擊或開槍，那幾年的內戰，把江西打成全中國最窮的省份。

這不打緊，據我外公的描述，兩邊的軍隊天天在各地強徵年輕人入伍，今天國民黨的軍閥來村子拉了五個壯丁，過兩天就輪到共軍的軍頭來抓走其他沒有被拉走的青年男子，拉到最後，在戰場上拿著槍舉起刺刀喊衝喊殺的當下，卻發現敵軍的陣營中竟然有自己的哥哥或堂弟等慘事發生，真可說「不知為誰而戰，為何而戰？」一場戰爭竟然演變成槍口瞄準的是自己熟識的親友、鄰居甚至家人，難怪外公一生只要講到國民黨與共產黨就是「幹」聲不斷。

一九二九年，內戰打到云都縣城外，在云都當打棉被學徒的外公與他的堂兄弟、師傅們很機警也很無奈地，趁兩軍還沒到縣城拉軍伕之前連夜逃跑，他們的目的地只有一個：台灣。因為在一九二〇年代的亞洲，台灣算是一個相對安定且容易討生活的地方，而且以打棉被這個行業而言，在台灣的日本商社本來就是他們的最大客戶，打棉被這行業在台灣更容易討到一口飯吃，於是外公就跟著一大群打棉被師傅輾轉逃到台灣的基隆，這群逃避戰亂的打棉被師傅，也為後來基隆在一九五〇至一九七〇年代鼎盛的棉被外銷業奠定了基礎。

外公來到基隆的這一年，跑到一家日本小棉被商社繼續當學徒，以日本的利益而言，這群從江西逃出來的師傅簡直是天上掉下來的禮物，他們吃苦耐勞、工資低廉、技術又純熟。對這些日本商社而言，再也不必千里迢迢從中國進口半成品棉被，有了這一群師傅，只要直接從南亞的巴基斯坦進口棉花，就可以在基隆生產出一條條品質優良的棉被；據打聽，後來整個云都縣城的棉被店鋪通通毀於戰火，絕大部分的打棉被工人與師傅不是逃到異國，就是被抓去當軍伕後下落不明，僥倖回鄉者也因為設備的殘破以致無法重操舊業，一個鼎盛的行業與技術就因為戰火而整個流失。

過了幾年，外公從學徒升為師傅，是日本棉被商社老闆的重要助手，當年二次世界大戰時，棉被是屬於日本軍需品，由於具有這種重要軍需品的關鍵手工技術，所以外公免除被日本徵召到南洋當軍伕的命運，事後看來，兩場與外公有關的戰爭，外公都能因此僥倖逃開，倖免於難。到了一九四五年，日本戰敗後，外公的日本老闆擔心他的產業會被國民政府充公，於是將他的店鋪與倉庫工廠移轉到外公的名下，一來他相信外公的人品，二來就算真的無法再重回台灣，與其被國民政府沒收或讓貪官竊占，還不如送給幫他打拚多年的我的外公。

竊取日產是當年（一九四九年）許多國民黨政府接收大員的生財方式，照當年的規定，日本人與日本政府在台灣的各種資產包括不動產、工廠或官舍等，應該是無條件歸為國民政府所有。但是在當時兵荒馬亂、戰火四起的年代，想要偽造一些文件並非難事，所以當年很多接管大員，私下吞了許多日本人所留下來的財產。而外公之所以能夠順利接受日本老闆的財產移轉，當然主因也是向當時的接管官員提供好處，外公將日本老闆的房舍送給官員，以交換老闆留下棉被店鋪與工廠設備。

眾所皆知，沒有一個日本人可以拿回他們在台灣的財產，日本老闆當然也拿不回他的工廠，幾年後日本經濟受惠韓戰爆發而復甦，外公的日本老闆回到

他的祖國後重操棉被生意的舊業，自然又跑來基隆向外公下棉被代工的訂單，再轉手賣給美軍，而外公竟然信守承諾把棉被店舖的三分之一股份歸還給昔日老闆。慢慢地外公從一介棉被師傅搖身一變成為棉被外銷商人，手工打棉被也漸漸地改由機器代工。當年外公家中經常有日本商人或棉被業務員來訪，每當有日本客人來，外公就會叫家中廚子煮一些日本料理招待客人，於是我小時候就經常有機會吃到那些豐富的日本料理。

那些日本商人每次來台灣旅遊，身為下游代工包商的外公義不容辭當起導遊，泡溫泉、唱那卡西、吃海鮮都是他們最愛的娛樂。

聽說他們個個都是大色鬼，每次到台灣，都要外公帶他們到基隆、台北一帶的風化區去消磨消磨，以當時的社會背景來說，台灣生意人上酒家找酒家女陪酒談生意或搏感情，是件尋常不過的事情，更何況是和日本人做生意。然而，我外婆卻是一個天生大醋桶，只要是外公和日本客人或昔日的日本老闆出去應酬，就會擺出一副很不高興的臉色，特別是外公退休以後，更是三申五令地禁止外公出去喝酒應酬，不過我猜想外婆擔心的其實是外公的健康吧！

當我七、八歲時，每次那些日本老色鬼從日本來基隆找我外公時，外婆都會直接派我當小跟班，和那幾個老頭一起去泡湯、吃海鮮，順便監視我外公在外的一舉一動。

我還記得當時最常去的溫泉所在地是「金包里」，也就是今天的金山，而且最喜歡到金包里的磺溪溫泉（這是當時我聽到他們交談時所用的地名）去泡野溪溫泉，徜徉在湍急的溪邊搭起的簡陋泉池和燙死人不償命的池水中。若我沒有記錯的話，那地點應該是陽金公路靠近金山市區的磺溪旁，也就是今天的八煙，一棟棟美輪美奐的溫泉旅館在該地區如雨後春筍般的開張；在當年，那可是相當有豪邁氣息的野溪溫泉呢。

一九七〇年代的磺溪，水量之大有如水上館的利根川。和外公與他的日本客人泡在磅礴水聲旁的露天池，聽他們講一些風花雪月和日本、基隆一些商人的八卦事情，相當有趣。這些大人似乎以為當時一個乳臭未乾的七歲小孩聽不懂他們講的內容，所以在我面前暢談毫無顧忌，其實我都聽得懂，還記到現在。

每次當外公小跟班回家以後，外婆總會把我拉去一旁，悄悄地問著：「有沒有什麼阿姨一起跟去？」

我總會用一種天真無邪的表情回答：「沒有！」於是我外婆就會很高興地拿十塊錢給我去對面的文具店買故事書，至於真相如何，外公與外婆早在十幾年前的天國又重逢了，就讓他們自己去鬥嘴吧！

在水上館聽了一整夜的水流天籟讓我想起了這段往事，也終於找到自己的一些根源，找到自己對溫泉最初的感動，藉由旅行不斷挖掘出屬於自己的生命細節。

從我的外公這種特殊外省人的故事中，讓我思索歷史從來不是單一觀點。史觀是多元的，不是誰說了就算，也不是占據「主流媒體」的高度就能把自己的史觀用說教與傲慢的態度去詮釋其中的苦痛。歷史的演變更是多元融和所致，並非屬於少數自以為是的黨國菁英族群。

歷史的包袱與苦痛是多元的，歷史從來也不是高度的問題，而是深度。

實用資訊

前往水上館的交通方式：
在東京上野站搭上越線新特急「水上號」到水上站下車，出水上站後有免費接駁服務。

水上館
群馬縣利根郡みなかみ町小日向573
http://www.minakamikan.com/

C05

一軒宿體驗

西山溫泉 慶雲館

日本旅館中有一種叫做「一軒宿」（I-Ken-Yado），指的是一家旅館孤伶伶地聳立在山谷間、溪谷旁、斷崖邊、海峽畔，附近周邊沒有其他旅館，甚至連其他的建築物都付之闕如，有如中國武俠小說所形容的「懸空寺」或「飛來寺」之類的奇特建物，前不著村後不著店，別說溫泉街或土產店，就連農舍或公車站牌恐怕都在幾里之外，這種溫泉旅館就稱為「一軒宿」。

不過，許多頂著一軒宿名號的旅館，地處偏僻卻不幽靜，或者根本就是蓋在毫無景色的水尾、山陰之處，不然就是旅館本身不夠優質，充其量不過是日本當地登山客的落腳臥處，沒有一點休憩的品質。以我的高標準，整個日本合乎高級一軒宿的旅館只有兩間，一間是四國的祖谷溫泉飯店，另一間就是山梨縣西山溫泉的慶雲館。

先講慶雲館極度不方便的交通好了，旅客得從新宿搭乘ＪＲ中央本線到甲府，然後在甲府換ＪＲ身延線到身延站，接著在身延站搭乘旅館的接送巴士。由新宿到甲府要花兩個小時，中間在甲府等車又要等上半小時，從甲府搭身延線這種地方線火車到身延站又要花一個小時，而旅館的接送巴士從身延站開到慶雲館又得開五十分鐘，一趟下來至少得花上四～五個小時。

慶雲館位在富士川的上游源頭，這裡的溫泉早在慶雲天皇二年（西元七〇五年）就被發現，所以取名為慶雲館。開採至今一千三百多年來，溫泉的泉源仍然不停湧出，可見這個西山溫泉慶雲館的含泉量有多麼龐大。慶雲館的房間數不到二十間，每間至少都有十二坪以上的空間，況且每天只能接受不到二十組客人來投宿，讓旅館的密度變得相當稀疏，館內除了四個露天浴池以外，還

有三個所謂的私人貸切露天浴池，因為客人人數不多，所以這些私人貸切露天池完全不必額外付費就可盡情享受。

慶雲館的建築稱得上是百分之百純粹大和民族風，鵝黃色系的原木裝潢，房間內用紙窗再隔出空間區塊，與紙的窗櫺和榻榻米的稻香一起調味成最沉醉的「療傷」妙方。

我在二〇〇七年夏天帶著家人住進了這家旅館，據說是該旅館館史上第一組台灣旅客。沒錯！住這家旅館後除了泡溫泉吃飯以外沒有任何行程，別以為入宿這樣的旅館會讓人產生自閉的幽室幻覺，恰好相反，因為安靜無擾所以讓人更清醒，因為放空一切所以讓人更心寬。在那裡我過了兩天沒有時間感的日子，與世隔絕的生活，度了個完全放鬆的假期，同時又享受著高檔的住宿與食物、四季分明的山明水秀。我永遠記得這一年夏末秋初時台股的萬頭鑽動，充滿著衝過萬點大關前的蠢動情緒，但來到這裡卻讓我重獲冷靜的思緒，躲過緊接而來的長空殺戮。

在慶雲館一軒宿的二天一夜，沒有行程、沒有節目、沒有電視、沒有網路，記得那天晚上只剩下滿天的星星，以及一夜好眠。

第二天離開飯店後，旅館會派車載送客人到JR身延車站，我建議回程可以朝反方向不走回頭路，從身延站搭乘反方向（上行）到靜岡縣的富士市，再轉到伊豆熱海箱根一帶，然後再回東京，做一個以東京－河口湖－慶雲館－伊豆－箱根－東京的大環狀旅程。

帶太太去這種一軒宿一個晚上下來，感情不好或互動欠佳的夫妻恐怕會度日如年，這裡沒有夜夜笙歌的節目讓人麻醉，遺世獨立的空間可以營造出兩人相依的世界。我知道許多夫妻不願意去經營這種獨處時刻，因為他們害怕真實的東西而不願去面對，平日假的虛相反倒提供生存的「麻醉品」，一如被套牢的投資人，一覺醒來就可以大漲特漲的美夢產生賴以維生的動力。那些股市的神棍大師們正是參透了「假」的哲學，用虛假所建構出來的朦朧美感，讓蒙受嚴重虧損的散戶可以繼續「麻醉」下去，幸福的我無法了解他人戴起假面具的苦衷，往往不經意地刺傷了那些不幸福的人。

原來我真的一點都不懂得「柔軟」與「世故」。

人到了中年才悟透這種「柔軟」，這是我與妻子到慶雲館所得到的人生收穫。人不能做假，但也無須過於執著，這使我想起鄭板橋說的：「聰明難、糊塗尤難、由聰明轉入糊塗更難，放一著、退一步、當下心安，非圖後來福報也。」所謂「難得糊塗」不也就是告訴我們一種處世的智慧。

實用資訊

前往慶雲館的交通方式：
東京站乘JR特急列車あずさ（Azusa）號到JR甲府站，再轉乘身延線到JR身延站，搭乘飯店接駁巴士。

慶雲館
山梨県南巨摩郡都早川町西山温泉
http://www.keiunkan.co.jp/

C06

與秘境相遇

白骨溫泉 白船莊

夏天的白骨溫泉是一個涼爽到忘卻酷暑的地方，即便是盛夏時分的午後也只有攝氏十八度左右的氣溫，串聯周邊的上高地、乘鞍高原、新穗高、奧飛驒，形成一片亞洲最舒坦的避暑勝地。

前往白骨溫泉最方便的交通方式是自行開車前往，從松本開一五八號國道先到上高地，再從上高地開到白骨溫泉，第二天從白骨溫泉開往乘鞍高原，再從乘鞍高原開車穿過日本的主要山脈——北阿爾卑斯山到另一頭的奧飛驒溫泉區，這幾個點之間的行車時間都不會超過一個小時。

沒開過橫斷日本北阿爾卑斯山公路上的一五八號國道，別說自己體會過恐怖駕駛，雖然我曾經在日本開車開了三次，合計超過一萬公里的里程，然而那段短短十公里之間六、七個隧道帶給我的驚悚，至今仍難以忘懷，天曉得日本人隧道工程的功力到底跑到哪裡去？

驚嚇點一：從上高地的停車場到白骨溫泉的隧道內，寬度絕對不到八米，隧道內沒有半盞路燈，迎面而來的都是時速開到四、五十公里的大巴士或大卡車，在完全只靠車燈照明的狹窄車道高速會車，都會感受到大車呼嘯而過所造成自己車身的搖晃，而車的另一邊幾乎快貼近山洞內的岩壁。

驚嚇點二：在這麼黑暗狹窄的隧道中還有轉彎彎道。

驚嚇點三：最可怕且讓人想像不到的是在這麼黑暗狹窄的隧道中，竟然還有三叉路與十字路。一趟隧道山路的駕駛，恍如隔世。

既然有地獄般的山洞，當然也會有天堂般的隧道。橫斷長野、歧阜兩縣境的北阿爾卑斯山山脈上的一五八號國道，在縣境上有段「安房道路」，其實就是一條長約六公里的隧道，其困難點是在海拔一七九〇公尺的高山上開鑿了一條隧道，它不但是飛驒高山地區通往信州松本地區的捷徑，更是北陸通往關東最便捷的道路。

這條隧道相當特別，首先，它是條「有料」（收費）的隧道，要進入隧道口之前有如高速公路收費站；第二，這條隧道內竟然有雙向四線道的平坦幹道，很難想像這是一座那麼寬的隧道（咱們台灣的北二高頂多不過就是單向三車道），一條在近一千八百公尺高的山脈上、讓人可以飆車飆到時速一百的隧道高速公路。

日本有兩個溫泉，「乳頭溫泉」與「白骨溫泉」，一聽到名字就會讓人產生高度的好奇心，乍聽白骨溫泉，腦海中自然會浮現驚悚電影和恐怖小說的情境，「白骨」之名據說是因為掉落在溫泉池的樹枝，長時間被石灰質浸泡染成了白色，形狀宛如白色人骨；另一種解釋是溫泉石灰質長時間沉澱在浴池，凝固成人骨般的結晶紋路。

白骨溫泉沒有熱鬧的商店街，在盛夏午後的溫度也不過攝氏十八、九度，她是長野縣有名的祕湯，隱身在日本阿爾卑斯山系的深山密林裡。既然是祕境，白骨溫泉的確不適合自助客，更不適合團體客人，不適合自由行的原因在於交通不便，每天從松本往返白骨溫泉的公車班次，僅有上山三班次與下山兩班次，且白骨溫泉與旁邊的風景勝地「上高地」之間，一天才一個班次往返。一個恍神忽略班次的發車時間，就會延宕整個行程。

白骨溫泉的旅館雖然在奢華度與設備的多元化上，比不上箱根伊豆的溫泉旅店，但是她的收費卻相對低廉許多，若把白骨溫泉整體所展現的「空靈氛圍」與其周遭景緻計算進來，白骨溫泉的整體饗宴可說是物超所值。

我入宿的旅館叫做「白船莊新宅旅館」，是一間藏匿在山林樹海之間的旅館，她的服務水準令人感到格外體貼，除了英文可以暢通之外，就在check-in兩、三個小時後，館方會很貼心地請來一個能講中文的人，仔細為我講解周遭景點、交通等旅行情報；第二天要離開之前，館方不但幫我把車子做了胎壓水箱等檢查，也順便幫我把車子洗乾淨，並附上附近加油站與交通路線的簡圖，還一併幫我聯絡好下一間投宿的旅館——奧飛驒溫泉。

我笑問：「這麼一個交通不便的白骨溫泉，外國自助旅行者應該不常來吧？」

他笑著答說：「每天都有十來組的外國旅客來到白骨溫泉，天曉得是怎麼進來的。」

白骨溫泉很少有團體客或旅行團來此，主要的原因是，房間數量不多且旺季（秋天）時一房難求，而且白骨溫泉入口的山路狹窄又彎曲，大型遊覽車恐怕無法駛進，也是團體客人比較罕見的原因。即便如此，白骨溫泉的旅館還是天天客滿，理由有二：一是乳白色的泉水實在是太吸引人，二是附近有兩個超級旅遊戰區：上高地與乘鞍高原。

白骨溫泉附近的綠，應該是我近年來看過最好看的新綠，綠葉在台灣沒有什麼稀奇，但是好看的綠葉要有幾個特點：

一是乾淨，所以都市或空污嚴重的地方，綠葉自然就會抹上一些灰暗。

二是水氣，山區的溫度比較低，空氣也不至於太乾燥，才會讓綠葉一直保有大大小小的朝露，有朝露的綠葉讓人感覺到特別有生命力。

三是綠的透光性要夠，綠葉若可以透光，欣賞起來比較有層次分明與陰暗交疊之美。

前往白骨溫泉的大眾交通方式是，先在松本搭松本電鐵「上高地線」電車到終點站「新島々」（Shin-Shimashima）站，再從「新島々」站搭「白骨溫泉」線的公車到白骨溫泉，其中公車一天只有三班，相當稀少，聽說就有遊客錯過了巴士的開車時間，而不得不取消行程。自遊旅行若事先沒有做足功課，就難免會產生遺珠之憾，旅行是這樣，投資理財也是這樣，人生更是這樣。

實用資訊

白骨溫泉上高地的自遊行最佳規畫：
第一天新宿搭JR中央線到松本，再從松本搭松本電鐵到白骨溫泉。
第二天早上從白骨溫泉搭松本電鐵的公車到上高地（80分鐘），在上高地待到下午搭公車到「新島々」再轉電車到松本站，搭車轉車並不會複雜，只要記得一點：「跟著人群走」就沒錯了。

由JR中央線松本站，搭乘私鐵上高地線約30分鐘在新島々站下車，轉搭開往白骨溫泉的上高地線巴士，約60分鐘在終點站白骨溫泉下車，徒步約5分鐘。

白骨溫泉白船莊
長野県松本市安曇白骨温泉
http://shintaku-ryokan.jp/

D01

櫻島溫泉古里飯店

神與火山之奏鳴

對於住旅館這種「宿遊」方式，我不會安排過多行程，只在乎旅館與自己的對話關係，只想沉浸在溫泉旅館那股遺世獨立的低調安靜，單純地享受旅館本身的服務，雖然好旅館的入宿價格總是比較「奢華」，不過花掉總比賠掉來得強！其實大多數人在投資上損失的金錢，都足夠支付這些頂級溫泉旅館一整年的住宿費了！

上個世紀企業經營講究的是「多角化」與「追求成長」，然而本世紀以來的管理主流已經轉變成「追求核心價值」。這道理現在聽起來覺得很普通，但是回到上世紀的當下，多數人都只想著要成長、多角化，除了不滿足於原有的生意版圖，還都渴望著在別人的碗中多分一杯羹。

二十年來我從下榻的旅館中，看到了這些演變刻劃出的痕跡，明白什麼是多角化，一間旅館根據容易賺錢的機會或流行趨勢而不斷擴充設備，就是多角化。於是，我們看到了一間間旅館追求著同樣的流行與趨勢，造成一大堆毫無特色的旅館，導致每間溫泉旅館都成為加賀屋的翻版，而台灣的旅館更只想複製他人的成功模式，如同日月潭某頂級飯店想要複製villa與風呂的外觀，卻忘了維持軟體的品質和旅館的寧靜。

也有一些台灣旅館為了複製日式風呂的服務精神，卻忘記以客為尊和對細節的重視，於是請了一堆服務生，在客人用餐時強迫客人聽著他們對食材的「資料背誦」，口中念念有詞、喃喃自語：「本道主菜來自於後山ＸＸＸ的山藥，所用的背景醬汁是……，醬汁用的是本港吻仔魚魚露與本地生產的豆油，並經由本餐廳的大廚ＸＸＸ親自調配……」上一道菜之前，得先聽服務生背誦五分鐘，聽得我真想告訴他：「能不能把菜趕快放下，然後閉上嘴離開，讓我安安靜靜吃頓飯。」

每個地方的每間旅館，一定有其特色和故事，找出自己的獨特點，就是競爭上的「核心價值」。

日本的邊陲是九州，九州最偏遠的地方是鹿兒島，與鹿兒島隔著錦江灣遙望相對的櫻島更是日本的窮鄉僻壤。櫻島上除了一座經常噴出火山灰的櫻島火山以外，其他都是不毛之地，但在櫻島的古里溫泉卻有一間「古里觀光溫泉旅館」（古里飯店），一年四季吸引無數旅人來此佇足，其原因正是她落實了「追求核心價值」這個企業經營的硬道理。

這間位處窮鄉僻壤的旅館，論其豪華不及加賀屋，論其奢華比不上箱根溫泉，料理也比不過伊豆的山鮮海猛，但是她的特色卻獨一無二。她擁有一座全日本最特殊、最浪漫也最莊嚴的溫泉神社——「龍神露天風呂」，座落在錦江灣的岩岸海邊，而溫泉池畔有座供奉龍神觀音的神社，和一株超過兩百年的老樹，更好玩的是神社的鳥居就座落在溫泉池中央，浸泡其中可以欣賞一旁的錦江灣及眺望遠方的薩摩半島。

更特殊的是，「龍神露天風呂」採男女混浴的入浴方式，不過女性朋友大可以安心享用，因為這座屬於神的住所的露天風呂，不論男女都得穿著背後印有「南無觀世音大菩薩」字樣的浴衣，這浴衣在重要部位特別加厚，絕對不會春光外洩，若不是旅館的住戶，則要支付一千零五十日圓的泡湯券，館方會交給每位湯客一套印有「南無觀世音大菩薩」字樣的浴衣，穿著浴衣入浴代表

著對「龍神觀音」的尊敬；此外還有一個有趣的地方，從旅館大廳到崖下海岸邊的露天風呂，必須搭乘相當特殊的「斜走電梯」，這電梯並非傳統的上下運轉，而是配合地形用斜行的方式載泡湯客人到崖下的風呂池畔。

傍晚黃昏時刻，全家人一起泡在錦江灣旁的露天風呂，看著太陽從對岸的鹿兒島那一端緩緩西下，好不愜意。

「古里觀光溫泉旅館」另一個獨特的景點是她正對著一年到頭噴出火山灰的櫻島火山，櫻島有座世界上罕見的活火山，本來是座孤島，一九一四年大爆發時，噴出的熔岩多到可以讓對岸大隅半島的陸地與櫻島相連接，櫻島上遍布驚人的熔岩石頭。讓人更訝異的是，旅館距離火山口才不到兩公里，運氣好的話，在飯店裡頭就可以觀賞火山噴出濃濃的火山灰呢！

櫻島火山在歷史上曾經噴發數次，二〇〇九年也曾小規模噴發，每天都轟隆隆地冒出灰濛濛的火山灰，鹿兒島居民們早已習慣，完全不影響日常生活步調。而當地政府早已根據櫻島噴出的白煙與落石，判斷火山活動狀態設計出一套精密的監測系統；人類與活火山和平共存的景觀非常不可思議。二〇一〇年冰島火山爆發噴出火山灰，不諳火山運動的英國與歐洲卻手忙腳亂不知所措，相較起來，具有憂患意識的大和民族格外地胸有成竹。

許多團體旅客多半是從鹿兒島搭船來泡個龍神露天風呂後，就匆忙地趕回鹿兒島，除了無法在第二天清晨觀賞火山噴灰的奇觀，和聆賞火山爆發的那種大地低沉鳴聲之外，也錯過了錦江灣的夜景和清晨的景緻。旅館每一間房間都有海景陽台，晚上可以欣賞灣內漁火和鹿兒島彼端施放的煙火，來匆匆去匆匆的團體客自然只能空留殘念。

實用資訊

前往櫻島古里溫泉飯店的最佳交通方式有三：一是駕車前往，從鹿兒島市繞一圈到古里溫泉的車程是一個小時。第二種方式是在鹿兒島的「櫻島棧橋」乘船口搭船到櫻島的櫻島港，再從櫻島港搭乘飯店的接駁車到「古里飯店」。第三種方式是連人帶車一起上船，從櫻島港驅車到飯店。

櫻島溫泉古里飯店

鹿児島県鹿児島市古里町1076-1

http://www.furukan.co.jp/index.html

D02

混浴的迷濛

奧飛驒溫泉 穗高莊

為什麼會迷上日本？我找到了一個最棒的原因，因為在日本，我聽不懂別人所說的，也看不懂路上所寫的，彼此又長得很相像，沒人會因為你的外表而多注意你一眼，身處這樣的環境，心態上很容易進入百分之百的放空。沒人鳥你，你也鳥不到任何人的「放空」之旅，一年若過上個幾天，說真的還挺不賴呢！

不是每趟旅行都可以在搭上飛機那一瞬間就可以進入旅行的「放空」狀況，有時候要到旅程快結束了才能進入忘我的境界。不過，隨著心境越來越寬闊，我在每趟旅行當中也越來越進入狀況了，旅行中我不再是「黃副總」、「投資專家」、「交易員」、「作家」，我只是一個中年KO桑（黃先生的日文發音）。

如果能夠早一點進入純粹異國文化或生活，就越容易放空自己，越快放空自己就越能找到自己失落的那一塊。什麼是「純粹異國文化或生活」呢？這點是台灣文化最難以體會，並且加以頑固排斥的一環，所有異國的東西只要引進台灣就會產生質變。以食物為例，生魚片在日本的正宗傳統吃法是，芥末醬與醬油是分開沾著吃，食客根據自己口味不同而選擇要不要沾醬油或沾芥末，而且白蘿蔔絲也與沾醬分開，品嘗相同肉質與不同佐料搭配出的口感。

然而到了台灣，卻把醬油、芥末與白蘿蔔絲全部混在一起攪拌，然後將生魚片搞得黏乎乎地一口吞下肚，每次我看到這種吃法都不免替新鮮食材感到心疼；一般人不懂正宗吃法就算了，連一些五星級大飯店的餐廳都擅自把芥末、醬油與白蘿蔔絲一股腦地攪拌成泥漿狀，從前我還會把服務生叫來勸誡一番，但幾年下來，除了自己被封為怪胎以外，再也無力改變台灣這種「自作聰明」的文化本質。

拉麵也是一樣，日本的拉麵少油膩但比較鹹，而且有些配料是必備的，例如水煮蛋、海苔、筍絲。日本拉麵的湯底與滾水是起鍋時才混在碗裡，然而台灣賣的日式拉麵竟然還有蛋花、紫菜等不搭配的菜餚，且台式拉麵的鍋底湯頭就直接淋在麵上頭，沒有再加上滾水混合後加入麵條，吃起來像極了台灣意麵或陽春麵的口味；所以，大部分台式日本拉麵可說是荒腔走板，再頂級的台式日本拉麵都遠遠比不上日本當地尋常高速公路休息站的拉麵！

溫泉也是如此，深受日本溫泉文化影響的台灣溫泉，怎麼會有那種穿泳裝泡溫泉的泡法呢？從生魚片、拉麵到溫泉，可以看到台灣那種很明顯的改良文化。當然，好不容易到了日本，最好避開國際化比較深的大都市或大熱門景點，而選擇去鄉下體會純粹的異國風情、食物、生活與文化，才能體會到「忘了自己是誰」的旅遊最高境界。

奧飛驒溫泉區應該就是一個「純粹鄉土的日本」，她讓人遺忘也讓人失落。她包括了平湯溫泉、新平湯溫泉、福地溫泉、櫪尾溫泉與新穗高溫泉等五大溫泉區，至少有上百家大小旅館與民宿在這五個溫泉區裡面。平心而論，這裡沒有火車經過，最近的火車站都距離四、五十公里外，公車的班次也不是很多，所以，除非你是那種喜歡追求祕境與絕對徹底安靜，或者你帶著登山的目的（從新穗高可以攀登日本中部第一高峰：槍岳），要不然不論你是從東邊那一端的松本、上高地上來，還是從西邊那一端的高山或古川上來，其實都相當不方便。不過，可別把這裡想成路途迂迴坎坷、狹隘難行的險境，天性喜歡誇大與大驚小怪的日本人總把這一帶形容成祕境世界，因為大和民族是喜歡把大事化小、也喜歡把小事化大的民族，不過咱們台灣人也高明不到哪裡去，因為台灣人也有「有事裝沒事，沒事變有事」的民族性格。

來到這一帶，當然要去搭一下新穗高登山纜車，從海拔一一一七公尺的纜車起站，纜車分兩段以不到二十分鐘的時間直奔二一五六公尺高的「西穗高口」，經常因為山上天候不良，能見度根本不到十公尺，夏秋時節的山頂上常常籠罩在伸手不見五指的空山靈霧中。

奧飛驒大大小小的旅館百來間，最內行的選擇就是投宿我所選擇的這一間「穂高荘山のホテル」（穗高莊山之飯店）。

這間溫泉飯店除了有大眾溫泉池與露天風呂以外，她的最大特色就是緊臨整片奧飛驒區域中最大的露天風呂「山峡槍の湯」。這座「山峡槍の湯」就在飯店數步之隔的河谷邊，座落在蒲田川的河床上，在池內泡湯可以遠眺北阿爾卑斯山的第一名峰「槍岳」，一旁的楓葉倒影在秋天會把池水染紅，而這個區域到了冬天更是一幅落雪紛飛的美景，此外還有一個有趣的地方是，這座風呂由於位處山谷下的溪床邊，所以在「穗高莊山之飯店」的門口有一條全世界最短的登山小鐵道（全長三十三公尺、車廂只能容納五到六人），讓湯客可以搭乘這個迷你鐵道車廂下到溪谷去泡湯。

只是，跟團來到這裡的人可能不知道這裡的祕密，因為團體客下榻的時間通常都已經超過傍晚六點，吃完飯都已經是晚上八、九點了，如果導遊沒告知

或事先沒有做功課，還真的不會曉得有這麼一個天然的超大型戶外溫泉風呂，況且這個露天溫泉池的開放時間只到晚上六點。

講了這麼多，其實真正最大的祕密是「山峽槍の湯」屬於男女混浴。男女混浴這事兒應該算得上是最傳統的日本文化，其他國家就算把整套日本溫泉文化移植過去，男女混浴恐怕還是敬謝不敏，其實在日本，保有男女混浴的溫泉還相當多，據說還有一百多處溫泉維持這項傳統，不過這些溫泉多半是外國觀光客不會造訪的祕湯，其中最有名且外國觀光客最多的，應該就是這座「山峽槍の湯」了。

這座池子相當大，差不多有一個籃球場的大小，中間用小鵝卵石巧妙地隔出男女兩邊（規定是男左女右），中間沒有遮蔽用的屏障物。親身經歷過混浴的異國文化洗禮，方才能讓自己放空一切，只是高達八百度近視的我，竟然將眼鏡放在置衣櫃中，空留下一個「雄兔眼迷離」的殘念回憶而已！不免大嘆只能用「心」去品味混浴的異國風俗。

任何東西都可能在旅程中被遺失。在世界這個巨大的失物招領處裡，所有人事物均是失物，渾噩地等待被自己尋回。在奧飛驒溫泉這一間「穗高莊　山之飯店」，我遺失的是我的視力、我的青春；然而男女混浴的風俗洗禮讓我體會到：

人在憧憬遠方的時候，總是看不清楚一切。

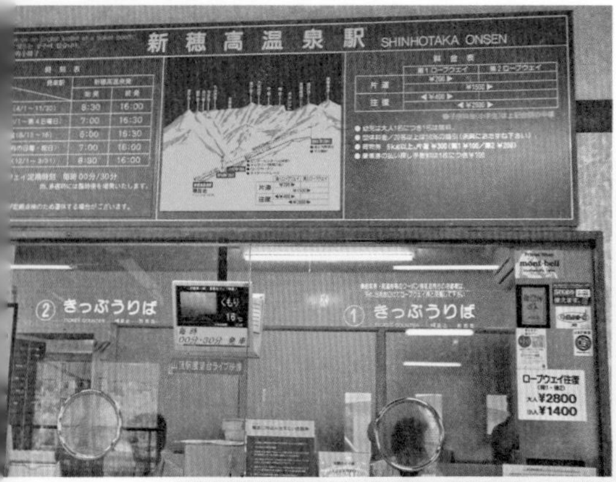

實用資訊

前往穗高莊的交通方式：
由東京搭乘新幹線到名古屋，再轉JR中央本線到「高山站」，從高山站搭乘濃飛巴士車程約80分鐘，在「山のホテル」下車。

穂高荘
岐阜県高山市奥飛騨温泉郷神坂577-13
http://shinhodaka-yamanohotel.jp/

D03

空山靈雨之宿

山中溫泉
花見久兵衛

我有很多地方想去，很多地方想看。想去盛夏的溪邊乘涼，想去山之巔看日出日暮，想去水之涯聽潮起潮落；想去沒有污染的鄉下看天空，如果有幸看到流星，說不定會許個永遠不會實現的願望；想安安靜靜坐在清幽房間窗櫺下的茶几旁，看本厚到不像話的書。

朱少麟《傷心咖啡店之歌》書中的吉兒說過：

「書分成二種，一種是消遣用或資訊用的，那種只要讀到妳想要的東西，比方說結局，就行了，讀完了書也可以順便丟掉；另一種是用來鍛鍊妳的智慧，提供給妳概念，這樣的書不能當小說來讀，要把它們當做是一個跟妳在對話中的老師，要一邊讀一邊反問，一邊思考自己是不是能理解，理解後是不是能接受。」

身為朱少麟粉絲的我，擅自模仿她的文體來敘述我對旅館的看法：

「旅館分成二種，一種是消遣用或度假用的，那種只要找到妳想要的東西，比方說美食，就行了，住過這家就再去尋找下一家；另一種是用來沉澱你的時間，提供給你放空一切，這樣的旅館不能當做度假村來品嘗，要把它們當做是一種幫你錯置時空的裝備，要一邊住一邊遺忘，遺忘那些自己不該帶來、更不該留下的東西。」

對於旅館我有一個很特別的偏好，我喜歡旅館的房間窗台或陽台就可以看到「水」，譬如海景、溪邊或湖邊，且越接近越好，並且能夠直接聽到水聲與其對話，這樣的氣氛不允許打任何折扣，這或許是被我的居住環境所養成的吧！水有藏匿心情與清洗塵埃的功能，住在水邊可以讓人沉澱下來，讓時間可以凍結在剎那間，讓自然的水氣來聆聽自己說話的心情；《西遊記》第一回中有一句「山中無甲子，寒盡不知年」，正是咱們老祖宗最早的度假啟蒙錄呢。

北陸的山中溫泉正是一個「空山靈雨」的世界。

可惜！台灣的旅行團偏好華麗的和倉溫泉加賀屋旅館，也偏好名氣響亮的山代溫泉，不論是台灣的旅行團還是自由行的旅客，甚少下榻山中溫泉；山中溫泉真如其名一樣，給人「山中無甲子，寒盡不知年」的美好回憶。山中溫泉的旅館幾乎全座落在鶴仙溪畔，鶴仙溪兩旁鋪設石板的步道，曲折蜿蜒，一旁有老舊木造小神社鳥居、布滿青苔的石板小橋，初夏傍晚夜幕低垂時會飛來一隻隻的鶴，鶴的身影偶爾會在溪水漣漪中若隱若現，露天風呂倚靠小溪畔，不論是散步還是泡湯，伴隨著淙淙水聲與鶴立溪間，此景不醉也難。

溫泉區中有許多頂級的旅館，如「花紫」、「蝴蝶」、「廚・八十八」、「かよう（Kayoo）亭」等相當隱密高貴的旅館，而我選擇的是這家「お（O）花見久兵衛」，這家旅館有比較平易近人的價錢（大約只是上述那些旅館的二分之一到三分之一左右），和山代溫泉百万石旅館的價錢相較，「お花見久兵衛」一泊二食的費用便宜二分之一，然而品質與服務的細膩度不分軒輊，如果單單比較房間，我認為「お花見久兵衛」不比百万石與加賀屋遜色，她的房間很大，大到讓我清晨不再需要躡手躡腳起床泡湯與外出攝影，完全不用擔心驚動熟睡中的老婆、小孩。

三天兩夜的下榻，接待我們的是一位看起來至少有七十歲的歐巴桑，她沒有加賀屋旅館女侍的沉穩幹練，沒有百万石旅館女侍的動作俐落，也不像湖山

亭旅館女侍的精通英文，沒有澀溫泉金具屋旅館女侍的年輕，然而這位歐巴桑卻有如無微不至的阿嬤，在那三天照顧著我們全家人的生活起居。她可以邊幫我們烤魚、煮火鍋，一邊還像老媽子在我們身邊叮嚀著，在語言不通下，彼此用眼神、漢字筆談以及翻譯機也可以談個老半天。除此之外，這家旅館的女老闆還是個文藝作家，而旅館的賣店就販售著這位多愁善感女老闆的言情輕小說呢。

在旅館用晚餐前我和兒子起了一點小爭執（原因早就忘了，家人吵架就不必去記原因了），這位在一旁的內將笑了笑，將她的一隻手牽著我，另一隻手握著我的兒子，任憑她人生歷練所堆積出的智慧笑容安頓，父子間的爭執有如被一股溫暖的電流迅速撫平。我很懷念她的笑容，像極了我兒時的外婆，總是會在肚子餓的時候準備好一頓飽餐，總是會幫玩累的兒孫準備一床溫暖的棉被，總是會笑瞇瞇看著你吃光那碗香噴噴的飯。

選擇入宿這家「お花見久兵衛」的主因，是多年前我無意間打開電視頻道，剛好看到日本溫泉的吃喝玩樂節目，一對日本熟齡名人夫妻入宿「お花見久兵衛」，在和式房間內一邊享用著美味料理，一邊聊著生活、工作、感情與兒女。妻子輕柔而緩慢地用筷子夾起一片松茸放入老公口中，老公則閉上眼睛享受經由美食營造出來的兩人私密世界，在清酒的酒精催化下，彷彿黑夜被凍結了，那一幕讓我念念不忘，於是幾年後，我們夫妻就造訪這山中世界。

山中溫泉的夏天為深綠色調，古樹參天，青苔遍地。不是旅遊旺季，沒有櫻花、沒有紅葉、沒有雪、沒有中國觀光客，只有「お花見久兵衛」內將最樸實的一面，這也才能讓人在此悠遊，咀嚼著她帶給人的溫婉含蓄和寂靜。

住在山中溫泉，可以順道一遊的是永平寺，在山中溫泉的公車站搭乘「永平寺おでかけ（odekake）号」專車前往，只要四十五分鐘就能直達，發車時間每天兩班，回程剛好搭配去程，也是每天兩班。

七十歲的老「內將」擁有的是……「智慧」！

實用資訊

前往山中溫泉的交通方式：
從金澤搭JR北陸線在加賀溫泉站下車，旅館在該站有專車接送（須一天前預約），從車站到旅館大約十多分鐘車程。

山中溫泉花見久兵衛
石川県加賀市山中温泉下谷町ニ138-1
http://www.ohanami-kyubei.jp/

第2篇

樂遊＊B咖景點

01

下北澤

通貨緊縮的天堂

書寫東京的遊記在台灣算是件班門弄斧的笨差事，去過東京的台灣人恐怕都已超過百萬人，換句話說大部分的台灣人幾乎都是東京通呢！連現在帶團到日本的導遊，到了東京唯一能做的事情就是放團員去自由行；幾年下來，也沒聽說有人在東京走丟。和許多東京達人相比，我去過東京的次數算是相當少（大約十來次吧）。但是，如果我告訴大家，我不曾逛過新宿也不曾去過東京鐵塔、皇居，恐怕會讓一些人笑掉大牙。是的！我就是沒去過這些景點。旅遊對我而言，始終抱著一個與投資相同的最高宗旨：「人多的地方不要去。」這句話對於已經造訪日本幾十次的人，相信是格外的有感受。

日本旅遊在二〇〇六～二〇〇九這幾年間發生了很大的變化，這場巨變改變了許多「自遊」旅者的旅遊動線與態度，那就是中國遊客這件「說不出口的祕密」。從二〇〇六年開始，在日本已經可以看見大批的中國觀光客，這大概是和二〇〇四年中國官方允許人民幣「區間浮動政策」所致吧！二〇〇六年，人民幣的微升加上日圓的劇貶，造成中國遊客到日本旅遊的浪潮。到了二〇〇九年，日本進一步開放中國遊客在日本「自由行」。

當然，旅遊的態度並不是一朝一夕可以改變的。台灣從民國七十年開放出國旅行至今三十年，大家有沒有發現，當年我們的阿公阿嬤、二十年前的爸爸媽媽到現在新的一代，其間對旅遊的品味已經產生相當的質變。從前那種「日、韓十五日遊」和「關東、關西十日遊」的想法已經徹底消失，改成定點、自遊、宿遊或特殊目的如建築物、美食或文化之旅。只是，剛剛開放出國的中國觀光客還停留在幾十年前台客的水準。

CORDIAL
日興コーディアル証券
☎413-8741
FREE FACTORY
ISAMIYA
GUIS
処方せん受付
ゴム印
印章
質
ともえや
築地

幾年前中國旅客比較常去的地方，不外乎迪士尼、新宿、東京鐵塔、台場、淺草、箱根、熱海、橫濱等地，和二十年前台灣東京團的路線大同小異。但是，日本開放中國客自由行之後，我開始在銀座、六本木、上野、東京灣、澀谷、吉祥寺這些地方發現他們的身影。他們的身影相當明顯，扯著嗓子、眾聲喧嘩，把肅敬的地方搞得像菜市場的那一群人，通常就是中國觀光客。

至於一般自由行的遊客，對於旅遊地點的選擇，不得不逐漸轉向尋找「比較安靜」的B咖景點，在這些B咖景點中重拾早年首訪東京的那一份感動。畢竟，自遊的目的是要體驗純粹的異國在地風情，而非到一堆為了觀光客而設置的商業裝潢。

下北澤正是一個尚未淪陷的地方。

旅遊者最大的矛盾不外是經濟問題，自遊旅行也好、跟團出遊也罷，旅遊的問題就是經濟的問題。許多人總覺得日本的消費相當昂貴，這就和一些不明就裡的人看了上海浦東之後，就認定全中國都有實力驚人的消費力一樣；也好比把台灣的信義計畫區、內湖科學園區的房價看成全台灣的縮影一樣，不僅失真更是失焦。二〇〇六～二〇一〇年間，我一共造訪下北澤四趟，驚覺這地方簡直是日本通貨緊縮的「樣板區」呢！

下北澤基本上是一個「大學城」，明治大學和東京大學駒場校區都在附近，是為了因應該區域大學生日常生活所需而形成的塊狀車站商圈。和新宿澀谷不同的是，她是兼具下町庶民氣息、小知識分子風格和藝術閒情質感等特點的地方。下北澤被小田急線一分為二：南口與北口，火車站門口的小小廣場，

在平日傍晚與假日總是聚集了許多地下樂團在此表演，並藉機發表自己的作品。我曾經失禮地用一種打賞的態度，給了在此露天表演的樂團一千日圓，他們卻堅持給我一張他們自己錄製的ＣＤ，他們歌唱與創作的目的很顯然不只是純粹的商業走唱，而是唱出他們想唱的東西。到下北澤車站大門口聽聽這些東洋小朋友的表演，說不定可以重拾屬於自己年輕歲月那一股追求夢想的懸念。

下北澤除了有劇場和露天廣場的樂團表演之外，她更是個尋寶的天堂，舉凡各種ＮＤＳ、ＰＳ、ＰＳ２、ＰＳ３、ＸＢＯＸ和Wii的中古遊戲片，幾乎都可以在下北澤找到，而且價格只有新片的十分之一到三分之一；除了Game以外，下北澤還有許多中古的ＣＤ、ＤＶＤ商店，除了價格便宜到令人匪夷所思以外，說不定還可以挖到一些夢寐以求的絕版經典唱片呢！

下北澤不單單滿足阿宅們的需求，還有許多服飾、帽子、二手包包、小手工藝品和藥妝店，店家多到讓人逛起來只能大嘆時間不夠用，便宜的程度更是讓人咋舌，上野阿美橫町的平價逛街天堂，碰到下北澤也只能乖乖讓出「平價」寶座。

除了看表演與買東西逛街之外，下北澤的吃也是應有盡有，這裡的餐廳有三大特色：一是便宜，我竟然在下北澤發現一碗拉麵只要三百日圓，一份餃子二百日圓以及五百日圓的大阪燒；第二個特色是，這裡的餐廳不論裝潢還是口味，多半帶點洋化又卻不失東洋風味，像極了日本百年來的演化進程！第三是應有盡有，從庶民東洋飲食、歐式咖啡廳到美式酒吧，甚至中國料理與墨西哥小吃，一股腦地出現在下北澤的巷弄之間，當然價格都很便宜，這或許和下北澤的主要客群——大學生有關吧！年輕學生對事物的接受度比較有彈性，也因此發展出下北澤這個站前小町的特殊氛圍。

來到下北澤，無須做什麼行程規畫，走出車站不論南口、北口，隨心所欲慢慢品味她的風格，聆聽年輕樂團的表演之餘別忘了給他們一點鼓舞的掌聲，看到好吃的店、有趣的店，就給她一家家地逛下去、吃下去，通貨緊縮是日本人自己的問題，來到下北澤，預算絕對不是遊客的問題。

實用資訊

前往下北澤的交通方式：
1.從新宿搭小田急電鐵的「小田原線」，下北澤站下車，值得注意的是，不論是普通或特急的「小田原線」，都會停靠下北澤站。
2.從澀谷搭京王電鐵的「井の頭線」，在下北澤站下車即可。
不論搭乘哪一種班車，車程都不到十分鐘。我建議從澀谷搭乘，畢竟新宿車站的動線相當複雜且車站站體過於龐大，容易迷路。

一併順遊的景點：在下北澤站搭京王電鐵的「井の頭線」，可以前往井の頭公園與吉祥寺，從下北澤到吉祥寺的車程也僅有20分鐘。

下北澤
http://shimokitazawa.areablog.jp/

02

甜點天堂 自由之丘

東京是個逛街與敗家的天堂，如銀座像shopping的華麗宮殿，新宿像shopping的城堡，表參道彷彿shopping的皇宮宴會廳，六本木就是shopping的護城河，不過這些都已經被嗓門大的中國觀光團或自由行陸客給盤據了，很難再找回奢華氣氛中的一絲優雅。

所幸！東京不愧是東京，豐富的大城總是讓人探索不完，東京當然不單單只有新宿、銀座與六本木。亞洲其他城市中與新宿、銀座、六本木相似的地方太多了，新宿與銀座的街頭充斥著對岸華人口音的吆喝，置身其中少了那股身處異國的味道。若想要從東京鬧區中找出一個亞洲其他城市絕無僅有的地方，非自由之丘莫屬，來到這裡總算有點漫步異國街頭的感覺。

這裡的建築和景色都讓人有如置身在歐洲庭園的感覺，累了還有各式各樣的咖啡座可以進去坐坐，很多都是開放式的，深受家庭主婦及觀光客喜愛；很難想像這裡在週末假日，幾條主要的購物街道會變得人聲鼎沸，特別是Wakakusa通、Suzukake通，還會塞車塞人。每到週日下午三點，自由之丘的鬧區便會改成步行者天國（即行人專用區），讓行人可以輕輕鬆鬆地逛街。

自由之丘的特色商店很多，甜點餐廳也不少，如果時間夠，一個下午都可以漫遊其中，既是高級住宅區也是新興的時髦逛街地方。

好幾次我都到同一家「St. Christopher」（想吃甜點請走「正面口」），不過，請別誤會我替她打廣告，只是總得要找一家願意讓我拍照的店吧！她的蛋糕由一塊海綿蛋糕和數層鮮奶油堆積成圓柱形，用大量細膩的蕾絲花邊狀鮮奶油裝飾的蛋糕頂端，一顆顆富有光澤的新鮮欲滴大草莓勾勒出完美的輪廓。

我默默地把伯爵紅茶倒進溫過的金澤友禪燒茶杯，握起刀叉生怕弄亂了這個甜點藝術之美，小口的鮮奶油與大口的紅茶，和蛋糕一小塊入口即化的輕盈口感，讓舌頭為之驚豔。

吃是上天給予人類的恩典，而甜食更是恩寵，自由之丘蛋糕的層次在轉眼之間溶化，滋生出一種令人恍惚的甜美暈眩，口感的餘韻會很調皮地短暫失蹤，迫使人還來不及體驗前一刻的幸福，就必須再舉起叉子鎖定一顆顆刺激唾腺的酸甜草莓，一次又一次品嘗那股無法掌控的神祕又深奧的味覺，不知不覺之間便收拾了眼前的那一大盤。不只女人，連男人來到自由之丘也得多出一個胃來裝填甜食，這就是東京的甜蜜吧！

自由之丘最有名的甜點店是「甜點森林」（Sweet Forest），從火車站沿自由通道步行約五分鐘可達。用「甜點美食百貨」來形容她比較貼切，她營造出四季更替般的品嘗樂趣，也顛覆了吃蛋糕的傳統。可以聽見迷眩慵懶的琴聲，搭配楓樹繽紛茂密的枝葉設計，如同掉入夢幻的童話世界中，裡面數十家甜點舖各有不同特色，我把它定義為蛋糕百貨公司，至於建議，還是三個：吃、多吃、每樣吃。

想要逛雜貨就從車站南口出去。

在左手邊方向就能看到熟悉的無印良品、生活雜貨的Afternoon Tea，以及Francfranc。走在自由之丘的路上讓人有一股興奮如初戀的感覺，每個步伐都充滿著用力一逛的旺盛精力，而自由之丘密集的各樣雜貨、藥妝、文具、精品店家，與數量多得令人停不下腳步的個性商品，更讓人馬不停蹄，只擔心錯

過了一個轉角，便會與那件舉世獨一無二的小髮飾失之交臂。

自由之丘還有些能讓人尋寶的店——藥妝店，與其他地方藥妝店不同的是，這裡大多是隱身在小巷弄裡的個性小舖，不像新宿或上野阿美橫町那種三層樓兩、三千坪的大型連鎖店。日本人吹毛求疵的精神，已經到達讓人不可思議的境界。尤其，當你逛了日本藥妝店後，更有這種體認，美體產品更可以看到這樣的趨勢，身體某一個部位的用品，就可以成立一個專屬陳列區。

與台灣女性美容行為最大的不同是，日本是個非常習慣ＤＩＹ美容的國家，不像台灣有非常多便宜的家庭護膚沙龍，在日本想要做一次沙龍美容，價格可是高得嚇人。所以日本女孩從小就習慣從藥妝店裡尋覓可以讓自己變美的ＤＩＹ產品，而且藥妝店裡，沒有緊迫盯人的專櫃小姐，愛怎麼試就怎麼試，愛逛多久也沒人管妳。因此，日本藥妝店也漸漸形成一種消費文化，與其跟團被帶到那種貨色不全的免稅店，不如自由行找尋這種藥妝小舖，體會那種尋寶的樂趣。

我特別偏好到自由之丘小店的另一個原因是，既然是小店舖就可以假裝成陪老婆去逛，否則在大藥妝店裡，一個中年怪叔叔沿著開放式架上東摸西看的，會令我覺得十分尷尬。小小的店舖內老婆就擠在我旁邊，可以讓我假裝陪老婆買，維持一點無聊的「中年歐吉桑硬漢」的尊嚴。

實用資訊

到自由之丘的方法有三：

1. 從澀谷搭東急東橫線電車，只要六站就到了。
2. 絕對要帶現金，自由之丘許多特色小舖與甜點小店是不接受刷卡的。
3. 把第二個胃順便帶去，因為那裡有太多的甜點。允許的話，把第三、第四個胃也帶去。

自由之丘

http://www.jiyugaoka.or.jp/

03

奧多摩

大東京最佳備胎景點

關東平原橫跨了東京都、琦玉縣、千葉縣、茨城縣、神奈川縣、櫪木縣（部分）、群馬縣（部分）、靜岡縣（部分），東京位於關東平原的中心，離山林有段不短的距離。的確，從東京往北走得花三個小時才能抵達群馬或日光的山區，往東則是一望無際直抵太平洋，往西走也得搭上兩個小時的火車才能到箱根或伊豆的山區。

況且神奈川的箱根與靜岡的伊豆一向也是人聲鼎沸的國際級熱門風景點，呈現出一種車比人多、人比商店多，商店比景點多，景點比山林多的擁擠氣氛。有些朋友總是抱怨日本不好玩，我想他們恐怕是去了那些人擠人的地方，尤其是充斥著全世界最吵雜的兩大觀光客群——中國陸客與老美的熱門景點。這個世界，凡是中國遊客或美國遊客出沒的景點，能夠維持怡然恬靜者幾希。

難道東京近郊（六十分鐘車程內）就沒有山光水色可以欣賞嗎？當然有的，奧多摩就是一個外國觀光客鮮少駐足的風景區，附近除了奧多摩湖以外，還有御嶽溪谷、高尾山等連成一線的絕景美地。此外，這片風景區還有一大特色：賞楓。

想要觀賞楓紅之美，可不只是買張機票飛到日本那麼簡單，楓樹的葉子由綠轉為紅，得要有溫度的配合與海拔的條件，而且從楓紅蛻變成枯黃，頂多只有三週到一個月的時間，萬一碰到大雨或氣候異常，楓葉還有提早掉落的可能。也就是說，想要看到滿山滿谷的火紅之美，多少還是得碰運氣，雖然日本的氣象廳每年都會公布所謂的「紅葉前線預告」，但只要是「預報」往往就會出現和實際出入頗大的誤差，若遊客不諳這些道理，大老遠從台灣跑到日本卻撲了個空，只好怨天尤人接受導遊的安慰：「天不時，地不利啊！」

自由行就無須忍受賞楓撲空的風險，楓葉轉紅有兩大原則：「越北邊越冷地方的楓樹越早轉紅、地勢越高地區越早轉紅」，如北邊北海道的楓葉一般而言在九月底就轉紅了，東京可能在十月底十一月初，往南一點的京都可能是在十一月中下旬，至於最南邊的九州楓樹，有時候會遲至十二月中旬才會火紅一片；相對的，高海拔的上高地楓樹就比相同緯度但較低海拔的東京楓樹提早半個月轉為火紅；不過人算往往不如天算，大老遠撲到京都發現紅葉還沒紅，或者跑到東北地區卻發現楓葉早已掉落，徒留滿地枯黃的殘念。

到日本追著楓葉旅行一定要準備「備胎計畫」，一旦到了關東，發現楓葉尚未轉紅，則可以依照上述兩原則：「越北邊越早紅、山越高越快紅」，轉移目標。如果到了東京才發現關東平原的紅葉名所尚未轉為火紅，奧多摩風景區就是一個發揮「第二賞楓點」優勢的地區，因為她的海拔比東京市區高。相反的，到了東京發現楓葉已轉為枯黃時，那就可以往南邊的伊豆、北陸等地方「追楓」了。

有趣的是，在日本賞櫻剛好相反，櫻花是從最南邊的九州先開，越往北就越晚開花，海拔越高的地方越晚開，所以到日本當起追櫻一族就得從南邊往北邊追，平地往山區追，當千里迢迢趕到東京發現櫻花凋謝或發芽的話，海拔較高的奧多摩的櫻花說不定還綻放著呢！

當然啦！如果你的預算寬鬆，碰到相同的問題，買張新幹線車票到輕井澤會是更棒的建議。輕井澤的紅葉比東京早一兩個禮拜轉紅，預算不夠的旅人也

可以選擇到奧多摩，交通方式是從新宿搭ＪＲ青梅線在終點站青梅下車，再從同一個月台轉乘往奧多摩方向的火車，在終點站下來即可抵達「奧多摩」。

奧多摩地區主要有兩大景點，分別是御嶽溪谷與奧多摩湖。御嶽溪谷在ＪＲ御嶽站下車，從車站門口前方順著指示牌往溪谷方向走去，不到五分鐘就可以抵達，時間多的旅客可以沿著溪畔的步道往上游走，一直走到古里這個地方，這一大溪谷就稱之為「御嶽溪谷」。每年十月底到十一月中旬，滿山滿谷盡染成紅彩，秋天楓葉最美的時刻在於由帶黃綠的薄紅，轉到艷紅似火的深紅之剎那間，綠、黃、紅、枯四色混搭宛如瀝血般從枝頭漸漸凋零，宛若人間萬物與感官之間的無窮幻夢，站在秋末的御嶽溪谷，我讀到了宛如置身火海的詩篇。

接著，回古里站搭上ＪＲ青梅線往奧多摩繼續探訪，在終點奧多摩站下車，車站對面有巴士站，搭乘巴士十多分鐘即可抵達奧多摩湖。此外，奧多摩站也是值得一看的景點，相當古色古香，是日本百選車站之一。

奧多摩湖是由多摩川上游截流的小河內水庫形成的人工湖，總蓄水量一億八千萬噸，也是東京都重要水源地。若單論景色而言，或許比不上日本富士山下的河口湖，但是若搭配著春天的粉櫻、秋天的楓紅與冬天的白雪，以及遊客稀疏所帶來的靜寂空靈感官，和奧多摩地區處處可見的鄉土料理小店和日本農家風光，在我的標準中，堪稱大東京賞景的最佳B咖備胎景點。

實用資訊

往御嶽溪谷的交通方式：
乘坐JR 中央・青梅線從東京車站到御嶽車站約2小時15分鐘。
往奧多摩湖的交通方式：
乘坐JR 中央・青梅線從東京車站到奧多摩車站約2小時20分鐘。

御嶽溪谷
http://www.omekanko.gr.jp/cgi-bin/area/area.php?area=mitake

奧多摩湖
http://www.town.okutama.tokyo.jp/kankou/okutamako/okutamako01.html

04

大內宿

味道的旅行

沒錯！這題目沒下錯，我想要說的是「味道的旅行」，而非旅行的味道。閱讀旅行常常會造成一些失望，畢竟照片與文字無法呈現實景的精采，因為咱們沒有藝術家與文人的想像力，書寫自己的旅行更是顯得無力感重重；因為食物的味道無法用文字或圖像的形式去表達，人類五種感覺「眼、耳、鼻、口、手」所對應的「文字圖像」、「音樂」、「香味」、「食味」與「觸覺」，後三者實在很難透過間接的藝術去展現或分享給他人，尤其是「食味」。

食物的味道是各種感官中最主觀的，每個人對味道的懸念也是最執著、最頑固的。在美食的各種探究中，「媽媽的味道」、「阿嬤的味道」、「家鄉的味道」或「古早的味道」等說法占有很重要的地位，似乎食物在每個人生活中的最初味道，是種神聖不可侵犯的領域，於是漸漸產生了一些想法，譬如我們會開始去追尋自己熟悉的菜餚、食材或料理的「古早味」。「古早味」代表著是一種陳年的回味，是種純真時期的單純享受，是食物帶給我們的「最初的感動」。然而，真正的古早味道相當難尋，難得的不只是美味的複製，更是歲月的流逝。

譬如現在的基隆米粉湯就和三十年前的米粉湯有著顯著不同，米粉處理的技術演進了，熬湯頭的大骨或內臟也不一樣了，黑白切也不一樣了，以前的鯊魚煙、豬尾巴、豬油泡……等老式小吃如今在攤子上也少見了，油蔥也不一樣了。因此，現在台灣從北到南一些傳承五十年起跳的攤子，往往被饕客視為國寶，趨之若鶩，其原因不外乎「味道沒有改變多少」，大家圖的不過是藉由

味蕾去勾勒、喚醒那股埋得很深的「味道記憶」。我很難具體化表達這樣的記憶，所以在我的文章當中，很少寫到美食與美味，因為文筆笨拙的我實在無法寫得出來。

想像力、文學、詩、音樂……，這些都是沒有界線的，但是美味卻有界線。多數人對美食、美味會被情感、傷痛、回憶給框住界線，譬如多年來我們對屬於自己的美食或那些從小吃到大的食物，都有其既定的可接受範圍：就像我們無法接受加胡椒的牛肉麵，更無法接受水餃沾番茄醬吃；相同的，若我們看到不勾芡的蚵仔麵線時，鐵定會視為離經叛道。

於是，我無法體會那些日本人、香港人來台灣迷戀那家相當昂貴的小籠湯包店，因為我對於小籠湯包的情感是停留在三十多年前，基隆和平島上一個外省老兵推著攤子喊著「機器饅頭～小籠包子！」的回憶，總覺得小籠包應該是一種庶民的小點心，是那種推著攤子、一邊包餡一邊等著蒸籠出爐的路邊小吃。

對日本人來說，拉麵是一種屬於出外人的簡單外食，特別是昭和四、五十年代，日本經濟剛剛起飛時，為了因應趕時間的上班族而出現在車站周圍的「立食」店，或生意人在應酬喝酒前先填一碗墊肚子以保護胃腸，不然就是喝酒到半夜時僅剩的最後一攤，這是日本人的拉麵文化，或許他們對於越來越講究的拉麵料理，也有著如同我對高貴小籠包的相同抗拒心理。在我心中，味道這種東西是唯一不須講求改革，唯一不必西洋化、東洋化的玩意，所以當我十歲以前嘗遍台灣各種食材小吃後，心中再也容不下各種改良的味道。

對於美食，我永遠是個「守舊、頑固的基本教義派」。

然而，出國旅行卻是一種對味道的救贖。外國食材對我而言，每嘗鮮一次，都是新口味的累積，如泰國的海鮮酸辣湯（Tom Yam Kung）、泰國米粉湯、印度拉餅、馬來糕、馬來椰漿飯（Nasi Lemak）、新加坡海南雞飯、日本豬排飯、握壽司、蕎麥麵……等，近十年藉著旅行而嘗到的新味道，可就沒有自己家鄉美食的固定記憶，於是味道又成為一個沒有界線的感受。相同的，日本人大啖昂貴的高級小籠湯包時，他們也沒有背著屬於自己的拉麵回憶吧！

沒有記憶的事物，雖然沒有包袱但也常常流於太過隨便，因為無界線，自然後也忘了其中的期待。

二〇〇九年我獨自到日本東北的鄉下旅行時，在會津地區一個小火車站內吃著所謂的「立食」（沒有椅子的拉麵攤，通常開在火車站月台上），旁邊沒有行色匆匆的上班族，只有一些根本不必趕時間的退休老人，瞧著他們吃得津津有味，我想他們品嘗的是那個屬於他們年輕歲月的味道吧！吃完後我跳上會津鐵道，旋即找到失落幾十年的古早口味——草仔粿。

我在一個名字叫做「大內宿」的地方找到了兒時嘗過的草仔粿，而且是最道地沒有包任何餡料的傳統吃法。草仔粿的內涵在於那股濃濃的青草香，其他經過歲月洗禮後添加的味道，如紅豆泥、肉燥或起士口味，在我這個傳統守舊又固執的基本教義派的嘴巴裡都屬多餘。台灣失傳很久的純粹口味草仔粿，在大內宿一位老阿婆的攤位上再度尋獲，那味道如三十餘年不見的家鄉老友，突然出現在你的味蕾間打起了招呼，這種旅行的驚喜，在日本鄉間這個偏僻景點

大內宿再度向我招手。

大內宿是古代藩主上京途中的休息站，其房舍皆是用茅草蓋的屋頂，走入村落就像跌進時光隧道，置身在幾百年前江戶期間的驛站街景。日本大多數古驛站多隨著時代進步遭到拆除，然而在二次大戰之後，位在會津若松市附近山上的這處「大內宿」，卻意外被發現，原來日本還留存了這麼一個傳統宿場町。

大內宿位在連接會津若松城與日光之間的下野街道上，過去會津藩的人要前往江戶都打這裡經過，到了日光再轉日光道到江戶，大內宿在江戶時期可說是繁盛一時。和白川鄉合掌村一樣，大內宿因為交通的不便而被人遺忘，而鐵公路的開發似乎也把大內宿遺留在深山內的角落裡，讓大內宿躲掉開發的現代宿命，意外變成孤懸山嶺的村落，也正因為這樣，這些茅草屋街廓方能因為遺忘而被保留下來。

大內宿之所以鮮少有國外旅客造訪，是因為附近的會津若松、五色沼與日光已經吸引了大多數觀光客的目光，而大眾交通工具的不方便也讓許多自助旅行遊客裹足不前，到大內宿的交通要從會津若松搭乘會津鐵道到達「湯野上溫泉」站下車，然而從湯野上溫泉站到大內宿之間沒有公車可以搭乘，唯一可以運用的交通工具只有計程車，在車站門口搭計程車，大約二十分鐘的車程便可抵達大內宿，計程車資大約是一千八百日圓左右。值得注意的是，你必須在去程時向計程車司機確認回程的時間，並向司機索取電話，要不然大內宿那邊沒有排班計程車可搭！我就是疏忽了回程的約定，所幸我有向司機索取名片，才能打電話請他來大內宿接我，否則就無法順利趕上回程的電車。

值得一遊的還有湯野上溫泉車站，在楓紅時分搭配著外觀老舊的傳統木造車站，以及黑亮深邃的鐵軌，當小火車從遠方鳴著汽笛並揚起一片枯黃的落葉開進古老車站的當下，那種景色讓一切的奔波都顯得微不足道。

身處在古老的世外桃源中，才一恍神，就發現自己早已經身陷懷舊的「前老年現象」了。

實用資訊

前往大內宿的交通方式：
乘坐JR東北新幹線從東京站到郡山站約1小時20分鐘，接JR磐越西線快速從郡山站到會津若松站約1小時10分鐘。去大內宿的話，乘坐會津鐵路到湯野上溫泉站，再轉搭計程車，約20分鐘車程。

大內宿
http://www.town.shimogo.fukushima.jp/kanko/

05

會津若松

互換的人生之旅

如果想要在日本找個滿足下列四條件的地方：一是距離東京不到三個小時車程，二是冬天的雪、春天的櫻花與秋天的楓葉比遊客還多，三是有美食、古蹟、溫泉和美景，四是體驗真正日本生活，大概只有以會津若松為中心的福島縣了。

從東京出發搭乘東北新幹線到郡山（註：並非所有東北新幹線班車都會停靠郡山），再從郡山站搭乘JR磐越西線到會津若松，兩段火車的搭乘時間一共兩個半小時。JR磐越西線沿途可以在磐梯熱海站下車去泡溫泉（磐梯熱海溫泉），也可以在豬苗代站下車再轉搭公車到五色沼或到豬苗代滑雪場滑雪，更可以在喜多方站下車去吃日本三大拉麵之一的喜多方拉麵。從會津若松可以轉搭會津鐵道一路從會津若松、大內宿、湯西川、鬼怒川玩到日光；在會津若松站也可以轉搭日本最漂亮的紅葉觀賞火車路線——JR只見線到日本海畔的新潟。

換言之，以會津若松為中心可以串連出塊狀的B咖祕境景點，別說她的質樸與純靜尚未被中國陸客染指，其實連台灣的旅行團也很少到這一帶旅遊，適合想要靜下心來賞景、滑雪、賞楓、泡湯，並深入日本鄉間生活體驗的自遊旅行者。

最適合造訪這塊祕境區域的季節是秋天與冬天，特別是冬天，會津若松的冬天屬於日本的豪雪區，她的雪不是用飄的，而是如同颱風的氣勢從天降下傾盆大雪。佇足在漫天大雪的小火車站月台，與當地人一起搭乘他們的地方火車，車上有在地買菜購物的婦人、通勤的中學生、挑著野菜去市集兜售的老

40

農、滿臉倦容穿著質樸的小鎮上班族、清晨第一班車的登山客、穿梭在溫泉區沉醉人生夕陽之美的退休老夫妻、玩著ＮＤＳ滿臉通紅的小學生、全身滑雪裝備的年輕大學生……找一個大雪紛飛的溫泉，換得一回酒足飯飽的一泊二食，越是緩慢越能體驗異國風情，越是語言不通越能透過比手畫腳與肢體語言去了解鄉下人的友善。

會津若松城是日本歷史上赫赫有名的白虎少年隊壯烈犧牲之地。由於日本地方軍閥發動了抗拒天皇統治的內戰，而軍閥的領地中已經沒有成年男子可以調赴戰場，只好找一批十三到十五歲的國中小男生來充軍打戰，灌輸一些類似英明黨國之類的愚忠教條。上了戰場後，想當然爾，國中小男生怎麼打得贏效忠天皇且爭戰多年的中央正規軍隊，於是這些娃娃兵只好逃跑到附近的飯盛山上去集體切腹。

但搞了半天，他們的將軍老闆到底有沒有跟著切腹也不重要了，打敗白虎隊的明治天皇一躍成為進步的象徵，這群愚忠小男生所效忠的不過是場守舊落伍的虛幻。然而日本人卻不提這些，明明就是兩邊打得你死我活，卻可以將歷史的價值觀抽離到只剩下表面的東西，一邊美化成日本的救星，一邊卻又是日本武德武魂的表徵。日本人總是可以把這種混淆不堪的價值衝突，轉化成兩件不相干的事。

距離會津若松不到二十分鐘車程的喜多方，有全世界開店密度最高的拉麵餐廳，面積比台北的士林還小，人口比永和一個里還少的喜多方市，竟然有將近一百五十家拉麵店，日式拉麵的饕客可以來這裡享受餐餐吃拉麵的驚喜，火

車站就有喜多方的拉麵地圖，走出火車站按圖索驥相當具有旅行的樂趣。

旅行是什麼？旅行應該只是短暫的出軌，終究會回到常軌來，不過要是碰到驚喜連連的人、事、物、景色後，恐怕就不容易回得來了。旅程中偶爾會像慌張的水手尋覓不到漂泊定點，不論是島與島之間，河與河之間，還是空間與空間之間，出差錯的旅程中無意間的邂逅，往往會替往後拋下一道道深不可測的人生大錨。

二〇〇六年冬天，當年的雪量打破了許多紀錄，連東京市區的上野公園清晨時也積雪將近十公分，第一次在東京的白天看到超過十公分積雪，對於我們這樣熱帶國家的人當然看了手舞足蹈，可是對當地人可就苦不堪言了。

那一年冬天，日本電車常常因為大風雪而誤點，這竟然讓我們一家人在日本東北深山裡碰上了。我們因雪崩而足足困在電車裡面四個小時，一場意外的大雪讓我結識一位一生中不太可能相識的日本人。

我們一家人搭JR磐越西線從喜多方要回磐梯熱海的溫泉旅館，不料當列車駛出不到二十分鐘，就在一座山洞前碰到彼端的出口有雪崩，列車只好停在山洞前，等候剷雪工作人員的處理。日本電車有一個滿貼心的服務，冬天時會從椅座內傳出暖氣，從車廂外的風雪中剛坐定時還滿舒服的，只是坐久了就十分苦不堪言，尤其是被困在荒山中五個小時。

坐在我對面的是一個穿格子襯衫、牛仔褲約莫二十五歲的年輕人，當車子動彈不得約二十分鐘後，想打開他的NB上網，大概是在山洞前的關係，無法透過3G上網，我看他急得滿身大汗，冷不防從他的背包掉出來兩個公仔，一個是魔戒的佛羅多，另一個是日本女優公仔。這時，只見他害羞得面紅耳赤、不知所措，我為了緩和他的窘境，跟他講了一句「卡哇依」，喜歡魔戒的兒子吵著要再看一次魔戒公仔，剛好那位「新井」桑（我們用筆談與翻譯機、他也略通一點英文）也抽菸，當下我就遞了根菸，兩個人就到車廂外聊了起來。

新井是位早稻田的研究生，專攻網路行銷與設計，跟他對談後我才認識了Blog、Web2.0、公仔與一些動漫的知識，他打開NB的資料給我看，我看到了他的蒐集，大吃一驚！他至少有三百張以上的「女優合拍」照片，並將自己蒐集的公仔與動漫檔案都存在硬碟裡，隨身還帶了好幾個外接硬碟。只是他的世界好像只有電腦、公仔、動漫、女優與Game，一聊到其他像日本近況，甚至亞洲的事務，完全一竅不通。我很懷疑早稻田的研究生怎麼會如此狹隘，閒聊中也告訴他一些到全世界四處旅行的見聞，以及我對日本與亞洲的一些財經看法。

當他Show他的Blog給我看時，我這才真正見識到Blog的威力。他所架設的公仔討論區，一天至少湧進三千個留言與回應，而他的個人部落格不到半年居然有近千萬的瀏覽人次，而且這還算小眾的，真正紅的Blog一天人氣就高達五十至六十萬人次，這讓我大開眼界，更讓我漸漸對網路世界有了更深的認識。他與我在深山裡幾個小時雞同鴨講的對談後，也認為我影響了他的一生，他想學我到全世界走走看看，擴張視野，也決定要多了解御宅族以外的世界，例如總體經濟、環保、投資……等。他開始存錢要展開自己的自助旅行，第一站要來台灣（接下來去香港、上海、印度走走），順便跟我說謝謝，因為我幫

他拓展了新的人生。

現在的我倒是和這位新井先生角色互換，我變成不折不扣的電腦御宅族，每天生活在網路與「爬格」的虛擬世界，這些都是這位新井帶給我的新視野，讓我可以不必仰賴傳統媒體鼻息，只靠網路便能找到數十萬位潛在讀者，也幫助我順利轉換人生跑道。一場火車誤點，一個台灣中年人與日本年輕人竟然在短短五個小時間互相改變了對方的人生。

這，就是旅行。

雪地溫泉的夜已經慢慢深了。

二〇一〇年後記：新井在今年初來信，他在日本某商社的北京分公司當研究員，中文已經學得相當流利，即將轉任香港分公司擔任財務課長。

實用資訊

前往會津若松城的方式：
乘坐JR東北新幹線從東京車站到郡山車站約1小時20分鐘，再搭乘JR磐越西線快車從郡山車站啟程，約1小時10分鐘可到會津若松車站，以會津若松為中心，可往豬苗代站（約30分鐘），以及喜多方站（約20分鐘）沿途踏遊會津若松地區的美景與美食。
若要前往會津若松城，可在JR「會津若松站」轉搭「會津公車市內周遊公車HAIKARA SAN「環遊七日町」」(会津バスまちなか周遊バスハイカラさん「七日町廻り」)約22分鍾，在「鶴城北口」(鶴ケ城北口)下車，徒步約3分鍾即可抵達。

會津若松城（又名鶴城）
福島縣會津若松市追手町1-1
http://www.tsurugajo.com/

06

小豆島

第八日的蟬

旅行的目的因人而異，旅行的念頭或衝動更是五花八門，其中最容易挑起心中那股旅行欲望的觸媒應該屬於「故事」，當然故事的形式包含了文學、戲劇、歌曲或小說，從阿公阿嬤時代的《王哥柳哥遊台灣》、師奶殺手裴勇俊主演的《冬季戀歌》的韓國，到文學經典《生命中不可承受之輕》的布拉格……大家或多或少都被感人與有趣的故事所吸引，進而對故事中的場景有了共鳴的投射。

我喜歡京都南邊的宇治，但絕非是被《源氏物語》所吸引。坦白說，厚重饒舌的《源氏物語》我只看過其中與宇治有關的篇章，真正吸引我的其實是「宇治金時冰」。對我而言，實在沒那股文學涵養逐一隨著《源氏物語》的文字一路「玩下去」，對我有吸引力的反而是那些通俗的文學或劇作，如偶像劇《大和拜金女》中最著名的代官山，《東京愛情故事》中的台場，《戀愛世代》的安曇野滑雪場等。我的人生很簡單，也很平庸，一部通俗的電視，一本易懂的小說，平淡的境遇，快樂的旅行，如此而已。小豆島就是一個擁有平淡感動的地方，歸結起來，我旅行的起緣是一本小說——《第八日的蟬》。

故事的開始是介入婚姻當第三者的希和子，意外懷了已婚男人的身孕，但在不負責任的有婦之夫哄騙下同意墮胎後，卻讓希和子永久失去生育的能力，同時那個男人的太太卻生下一名女嬰，希和子趁他們夫婦外出的空檔潛入家中抱走了女嬰，此舉也讓她成了終日提心吊膽而逃亡的通緝犯。希和子帶著女嬰薰隱姓埋名地躲藏，後來輾轉流浪到民風純樸的小豆島定居下來，直到四年多後在小豆島的祭典上，被一位業餘攝影師捕捉到母女情深的照片，而這張照片

意外地獲得攝影大獎刊登在全國的報紙上，讓希和子的行蹤曝了光，在小豆島的碼頭上，希和子被警方逮捕而落網。

沒有血緣關係的希和子與薰（那位她偷抱走的女嬰），自然而然地發展出母女情，這段畸形的母女緣如冬去春來，夏又至的蟬之一生，二人的相依為命終究像短命的蟬，轉瞬即逝！

回到原生家庭以後的薰，卻發覺原來的「家」早已經支離破碎，她只能在異樣眼光中長大。生母對待她的態度卻無法如正常的母女，父親則早就被外遇、綁架與外界龐大的質疑眼光與壓力，壓到成為一具沒有神采的空殼。或許是對於自己當年的外遇引發軒然大波感到羞愧，父親對薰總是一貫置若罔聞的態度。薰把家庭這一切的改變歸咎於「那起事件」，所以她恨那個女人希和子，那個女人讓她的家庭氣氛低迷與冷淡，如果沒有那個女人，父母親一定會像別人父母那樣愛我。她把一切家裡的過錯都推給那個擄走自己的女人，她用恨意維持著一切的表面假相，她無法愛她的家或她的家人，彼此之間的不睦，只要推給那個壞女人似乎就可以得到麻痺似的救贖。

久而久之，薰也無法繼續待在家庭忍受這樣的父母，上了大學後，薰便搬出去靠著半工半讀過生活。很諷刺的，她也認識了一位有婦之夫而陷入無可自拔，就像當年的希和子一樣飛蛾撲火般的行為，薰和當年的希和子一樣的宿命，她懷了一個不負責任男人的小孩。從為人母的那一刻開始，薰原諒了那位偷走她童年、造成她陰影的希和子，決定勇敢面對陰影，回去希和子把她擄走一起生活的那片海洋——小豆島，薰要讓她的小孩和她一樣，有一個海水味道

的童年。

我被希和子和薰在小豆島的海邊生活所感動，尤其是希和子落網時在小豆島碼頭邊對來逮捕他的警察只說了一句話：「那孩子還沒吃早餐啊！」的那一幕；看完這本書，我二話不說地立刻飛到小豆島，只為了站在海味滿滿的相同碼頭上，再度體驗閱讀當下的感動。這就是我旅遊的方式，只為了一本書的一個畫面，只為了再度體會從戲劇中所得到共鳴，對我這個極度理性的金融投資者，任性且感性的旅遊方式與理由是平衡身心的重要元素吧！

父親造成的過錯卻由下一代來承擔，希和子明知道會付出一生的青春代價也要偷走小孩，只為了那短暫的身為人母，一如蟬在土中活了七年，破土而出後卻只能活七天；然而若有蟬意外活了第八天呢？是孤獨的苟活？還是喜悅的迎接難得的生命？

小豆島位處日本的瀨戶內海，踏上傍晚開往小豆島的快艇遠眺小豆島，有著橙紅的夕陽，瀨戶內海非常的平靜，感覺上像片沒有任何倒影的鏡子。夏天的小豆島最美的地方在於「天使步道」，南邊的海灘外，有十餘座星羅密布的小巧島嶼，當海水退潮時，可以從裸露在外的小沙洲，一個島一個島地尋幽訪勝，當漲潮時，這些裸露的沙洲又消失在海水之間，只剩下一座座宛如與世隔絕的小島嶼矗立在瀨戶內海港灣裡頭，這一道綿延數里的沙洲稱為「天使步道」。

小豆島另一個可以探訪的地方是「二十四の瞳」映畫村，《二十四の瞳》一部描寫小豆島上年輕女教師和十二個小學兒童交流的電影，故事背景正是二

戰前夕日本的貧困小漁村小豆島。電影拍完之後便把片場保留下來，裡頭有古老的木造學校，古老的風琴，教室內排列著斑駁小桌椅，昭和年代的校車，教室窗外就是海灘，以及浮在海上的綠色群島。陽光映在大海反射到教室玻璃窗上，海面波光加上復古的氛圍，宛如嘲弄、宛如認同、宛如安慰、宛如寬宥。

我入宿的飯店是「小豆島國際觀光飯店」（小豆島国際ホテル），她就位於瀨戶內海的岸邊，所有客房都可以看到海景，緊鄰飯店的沙灘，就是那一條「天使步道」，在房間內便可以觀賞海水退潮時小島和陸地連成一片的奇妙景象。這家飯店的服務相當貼心，聘有精通英語的服務生。一般而言，溫泉旅館或鄉下旅館服務生的英文水準，是那種聽了之後會讓人感到彷彿置身火星，而小豆島這家飯店服務生的英文卻帶著極為正統的英國腔調，聽了之後反倒會對自己的破英文感到難為情。飯店還有接送服務，旅人可以要求派車來接或送到小豆島的公車總站與碼頭，一點都不用擔心在小豆島各個景點上肆意的散策所造成的交通不便。

這家飯店還有兩個特色，一是她的晚餐可以選擇在海邊ＢＢＱ。傍晚時分，吹著海風，遠眺遠方的夕陽餘暉，細數著瀨戶內海上過往的大小船隻；晚間在飯店旁的海灘上還會有花火（煙火）表演，不喜喧鬧的人可以在房間內觀賞，也可以泡在飯店的露天溫泉中體驗聲光動感表演。的確，這家旅店和傳統溫泉飯店有著截然不同的風格，這倒也和小豆島的風土景緻相符，我在浴池中與從神戶來的日本當地旅客閒聊，發現他們的觀點與我在小豆島體驗的想法頗為一致。小豆島一點都不像日本，對他們而言來到小豆島宛如出國；對我而

言，來到小豆島好像是來到地中海畔的希臘，小豆島上有許多橄欖園，有許多風車，有宛如亞熱帶的海洋風貌。

《第八日的蟬》的閱讀，加上小豆島的旅行，淡淡地陪著一家人度過滿足的夏日時光，誰說旅行非得要去那些讓人讚頌不已的主流熱門景點。

歸程時來到那個讓希和子和薰心碎的碼頭，看著另一批旅人從遊艇走下船，他們的旅程正要開始啟動。而這碼頭是我短暫旅程的終點，也是另一個旅程的起點，旅程是可以這樣沒有句點地一直延展下去。下次當到了陌生國度的碼頭月台或海關時，先別急著下車（船），或許上船的旅客就是一位旅程的創作者。

下船上船交替著旅程，也交換了心情。

實用資訊

交通方式：

乘坐JR東海道、山陽新幹線從東京車站到岡山車站約3小時20分鐘，或是從新大阪車站出發則約40分鐘；接著，乘坐巴士從岡山車站到新岡山港約30分鐘，然後乘坐渡輪從新岡山港到土莊港即達，需時約1小時10分鐘。

小豆島

http://www.shodoshima.or.jp/

第3篇

徜徉＊私房自遊六景

01

日光戰場之原

深秋枯寂

去日光是二〇〇三年夏天，SARS事件剛告段落、《失樂園》剛讀完、台灣的股市空頭也剛結束（五千點），一樣在中禪寺湖旁邊，美麗的松田凜子（《失樂園》女主角）映照著斜陽而閃閃生輝，平頭大肚男、曾在香港被誤認成黎智英的我，拿著漫遊的手機對著一千四百哩以外的股市營業員喊著：「買進買進！」，中禪寺湖畔的幾隻野猴似乎靠過來想偷聽我的明牌。

在清晨中走出日光車站，這是我典型的日光旅行方式。只是，爾後的幾趟日光之行，我再也不會背負著「行李」與「玩心」以外的東西前來。

日本是四季分明的國度，四季皆有讓人醉心的景緻，從浪漫的春櫻，到充滿生命力的夏綠，令人暈眩的秋楓，以及萬物寂寥的冬雪。地處溫帶的日本，一年不單單只有四季，其實還有第五個季節——「枯」。

當楓紅掉落大地而白雪還沒撲染枝頭之前，有一種景色叫做「枯景」，紅葉已凋落白雪未飄零之間的枯樹枯枝，大地有股緩慢的空盪感受，雖然還沒步入冰封的寒冬，大地生命力漸漸步入冬藏前的慵懶，少數還沒冬眠的蟲蟻鳥獸無精打采，葉子凋零後的樹枝露出冬休前的猙獰線條，溪流從湍急換裝成涓滴，天地布景從楓之火紅蛻變成金針之黃，我形容這種景致與心境叫做「枯之美學」，也有人形容這種早上比夜晚更冷的季節為「霜枯」，身處於亞熱帶的我們很難體會。

我所看過最美的枯景在日光國家公園的「戰場之原」，戰場之原標高一千四百公尺，是整個日光國家公園中最精采的一環，戰場之原的名稱由來是神話裡男體山化身為大蛇，與群馬的赤城山所化成的百足蜈蚣在此因搶奪地盤

而發生戰鬥的地點。兩側草原遼闊，處處都可看到枯木豎立其中，這裡昔日是座大湖泊，在遭受日積月累的泥沙淤積後，漸漸形成現在的溼原高原地貌，秋冬時分黃草枯褐遍野，視野一望無際，流露出一股台灣罕見的蒼茫大地風光。

戰場之原有兩條步道，一是「戰場之原自然研究路」，這一條短程走起來

比較輕鬆，旅客搭東武巴士在「赤沼」站下車，下車處就有相當詳盡的入口指標。「戰場之原自然研究路」從赤沼站到「光德入口站」的出口，或是走到另一個「湯滝」出口，以緩緩步行的方式（含慢慢拍照與兩三次休息）頂多只花二到三個小時，其中九五％的路途不是平地就是緩下坡。

另一條「小田代之原自然探險路」路途比較遠，但是散步一圈也不過三到四個小時而已；不論哪一條，千萬別被日文的「探險」字眼嚇唬住，日本人向來就是容易大驚小怪與誇張的民族，這兩條步道的坡度與簡易度還比咱們花蓮中橫的燕子洞那一段路好走呢！沿途的地圖導覽與方向指標相當詳盡，加上熟悉的漢字，不太可能會走錯路，很適合各種年齡層的自助旅行者前往祕境探索一番。

戰場之原之所以被我高度推薦的原因，第一在於「好走」，第二個原因就是可以領教到日本人對生態的保護與尊重。戰場之原是個占地廣大的動植物保護區，兩條主要步道都以墊高的木頭枕道搭建，正因為這樣，才可以避免植被與蟲蟻鳥獸的自然生態遭到人為破壞與踩踏，運氣好的話可以看見一些野生動物，據說會有熊與梅花鹿出沒，不過很少人看過便是。沿路旅客雖然較少，但路過照面時都會說聲「こんにちは」（Konnichiwa，日語的「你好」）。他們絕對不在休息處以外的地方吃東西，也不會將任何不屬於溼原的東西留在裡面，甚至連一片餅乾屑都不願意去沾染這片淨土。

秋末冬初戰場之原的清晨，樹枝上竟然也會沁出一滴一滴的朝露，枯萎的樹幹與泛黃枯葉上的露珠之間，表面看起來不搭配，但是卻透露出一種難以言

喻的曖昧。一片枯黃大地的露水好像熟年男女之間的不倫戀情，明知道不能久存卻也捨不得把露珠戳破，戰場之原的深秋枯黃大地倒有份熟齡之美，一種世故帶點失落、歷練帶點風霜、曖昧卻無須點破的美，一種枯寂的美學。

一年有春夏秋冬，好吧！就算再加上枯季，總是有其生生不息的自然循環。十一月的日光不會期待枝葉回春，四月雪融之際枝頭的新芽一定是新綠，這世界上沒有一個人或一個宗教會向她的神明祈求寒冬不要降臨，一如我造訪四次日光所看到的各種景色；然而，金融市場上的云云投資眾生卻會巴望著景氣永遠向上，股票天天漲停，人若逆天，則人自亡矣。

實用資訊

前往戰場之原的交通方式：

若體力不足或時間受限，卻又不想錯過戰場之原遼闊的高原景色，可搭乘低公害巴士在「三本松」下車，便可抵達展望所。但我還是強烈建議旅人花上兩三個小時深入這片溼原，特別是每年的十月中旬到十二月上旬之間，去深入體驗一下什麼是四季以外的第五季。不過戰場之原這一帶屬於日本的豪雪區，寒冬的積雪可能深達數公尺，從十二月起到隔年四月之間不適合旅遊。

前往戰場之原的交通方式：

在東京淺草的東武車站（與淺草JR站不一樣的東站）搭乘東武日光線，在終點日光站下車，並在東武日光站門口搭乘東武巴士往湯元溫泉方向的班車，在赤沼站下車即可。

戰場之原

http://www.jguide.net/resort/nikko/senjo.php

02

紅葉鐵道

JR只見線

一旦過了特定年齡，人生便進入一長串「失去」的過程，重要的東西會一一剝落，從手中、從指間、從時鐘指針間隙一一流逝，何時已是邁入失落的年歲？每個人不同也都說不準，漸漸失去的有體力、青春、純真、親人、家人、愛情、性愛、夢想與自信。當然也有一些人過了特定年齡後，他的人生卻像積雪多年的冰封大地開始融化一般，慢慢地消融，慢慢地重見天日，孤寂不見了、死亡不見了、灰暗天色不見了……，融化的雪水帶來綠意與生機、再度見識萬物的滋長、森林旁原野上再度聽到孩童的笑聲……。

四十多歲，扣掉沒有多少記憶的襁褓時光，已經抵達人生的中間點，到底是開始進入一點一滴失落的下半場？還是有如冰封大地開始雪融的契機之始？答案不須爭辯，沒有人想要前者，然而，自己的人生座標到底處於這世界的哪一個象限？你又想如何扭轉屬於自己的這一盤人生棋局？

安排一次到異國獨自一人的旅行吧！

我喜歡到遠方看自己，也喜愛藉由旅行去逼迫自己與自己的內心對話。每個人都有六大知覺：眼、耳、鼻、口、手、心，這六種感覺互相交盪成為自己的力量、自己的思想、自己的習慣與自己的人生哲學法則；如果有一天，你被迫失去了其中幾種感覺以後，會有什麼變化呢？

旅行的用意在於擺脫平日的習慣，藉由異國不同生活去撕裂平日的習慣與思維，以達到六大知覺的新平衡點，特別是獨自到語言不通的國度去旅行。當語言與文字不通時，平日的習慣被迫暫時關閉，當六覺中關掉了耳朵的聽覺、嘴巴的話語與文字的視覺，便會驚訝地發現「心的知覺」格外敏感。在無法開

口講話、無法聽懂他人對話的異國，卻能意外聽見自己內心的話；當看不懂異國的文字符號，卻更能領略景色的美和人最純真的笑容之美。

聽到了自己內心的話，看到了他人不偽裝的一面，見到了景色的細緻，說了自己從來不曾講過的話，一個人去旅行就是醬子。

深秋日本的鐵道之旅最適合這種獨自旅行，尤其是鐵道迷心中永遠第一的紅葉列車——「JR只見線」。JR只見線起點在福島縣的會津若松，沿著只見川鑽過越後山脈到新潟縣小出站，全長一百三十五公里，從起站到終點耗時四個半小時，一天只對開三班，分別是早上、中午和傍晚，對於觀光客而言實在不太方便，但也由於不容易親近，更增添所謂的祕境色彩。

這條只見線在日本鐵道迷的心中，是一條猶如回教徒心中通往麥加的朝聖路線，沿途經過福島與新潟交界的山區。這一帶是日本本島最低度開發的地區，每年十月中旬到十一月上旬，鐵路沿線的野生楓樹與銀杏開得滿山遍野，由於是野生楓，與京都那種人工雕琢的楓紅相較，少了幾分刻意，卻多添了幾分野趣。只見線的西半段新潟福島縣界一帶，更是日本有名的豪雪地區。

只見線景色之美在於只見川這條河流。只見川上有田子倉、沼澤湖……等大大小小十多個水庫與水壩，而這些水壩把原本湍急的只見川切割蓄積成寬寬窄窄不等廣度的河面，這些河面由於位處深山與高海拔地區，平日不受季風吹拂的影響，所以只見川的河面相當平靜無波，有如一條百餘公里的水鏡。深秋的楓紅與山巒倒影，映在猶如鏡面的河道上，坐在深山中的火車便可以看到水天一色的景緻，難怪「只見線」是全日本鐵道迷心目中票選第一名的紅葉鐵道。

只見線列車會在其中的「會津宮下」、「會津川口」與「只見」三站停留比較久的時間（十至二十分鐘），讓旅客下車欣賞只見川河面和山巒間的楓紅之美；讓人印象深刻的是會津川口這一站，車站月台就蓋在河邊，鐵道、月台和周遭景色之間具有相當的搭配感。

最讓人難忘的不在於只見線的楓紅水色，而是車廂中濃濃的人情味。從在會津若松的月台候車開始，便被日本鐵道迷旅客的那股興奮之情感染，從候車搭車到轉車的五個多小時，短暫地和一群有著共同嗜好、共同目的地的同舟渡客相遇，只見線車廂內的鐵道同好，得知我是單獨從台灣來搭乘只見線，紛紛好客地拿出啤酒、飯糰、餅乾、生魚片壽司和一些我叫不出名稱的鄉土小點心，邀我一起吃，彼此用蹩腳的英文、日文，筆談和比手畫腳地聊了開來。

秋天的只見線是一條鐵道迷朝聖的路線，車廂內更是充滿了歡樂的氣氛，不時有人帶動唱起日本民謠，一位唱到忘我的大叔還在車廂跳起了毛巾舞，在酒精的催化之下我也跟著哼唱起來，接著，幾個坐在旁邊的鐵道迷阿宅開始慫恿著我唱歌，我毫不思索地唱起中文的〈榕樹下〉（原唱是日文歌〈北國之春〉），才唱了兩句，便受到全車鐵道同好的一陣掌聲，我唱我的〈榕樹下〉，他們唱他們的〈北國之春〉，不同語言卻有相同的音符、相同的歡愉、相同的楓紅、相同的回憶和相同的只見線。

到了終點小出站已將近傍晚六點，跳上當地的通勤列車後再轉乘新幹線返回東京，在小出站與邂逅的異國同好旅人揮手告別，或許在彼此的人生座標當

中僅是一個小小的短暫交集，這個交集拋掉了自己的身分，而眼耳鼻口手心等六種知覺卻宛如更新一番。有些事，只能一個人做；有些關，只能一個人過；有些路啊，總會有邂逅的陌生人陪著走呢！

在資訊爆炸的時代能選擇一條離群索居的旅遊路線，比挑到一檔飆股更難！楓葉永遠都是不同顏色下拼在一起才是最好看，就像人生。「只見線」沿途給我的回憶是放開心情大聲歌唱，無須在意歌聲好聽與否，更無須裝模作樣，在只有五個小時邂逅額度的陌生人面前，說不定才是真正的我。

實用資訊

前往JR只見線的交通方式：

紅葉鐵道「只見線」最佳賞玩期是十月中旬到十一月上旬，先從東京站搭東北新幹線到郡山，再從郡山搭磐梯西線到會津若松，接著再從會津若松搭乘只見線到新瀉縣的小出站。從會津若松發車的JR只見線一天只有三班，如果要從東京當天往返的話，只能搭乘13：08發車的那一班，到了小出站後搭乘JR上越線（下行方向）到長岡，到了長岡站後再搭乘上越新幹線（上行）回到東京。

JR只見線

http://zh.wikipedia.org/zh-tw/%E5%8F%AA%E8%A6%8B%E7%B7%9A

03

五色沼

上帝調色板

現代生活的困擾之一，就是永遠沒有足夠的時間讓人一一做完想做的事。不幸的是，對大多數人而言，休一個長長的假，如一個月或更長，簡直是天方夜譚。更可惜的是，好不容易擠出一個假期，千里迢迢來到心中的世外桃源時，卻只能如蜻蜓點水般走馬看花。旅行和投資有個共同本質：「取捨」。希望太多，時間太少；心願太多，體力太少；欲望太多，金錢太少。只是旅遊書與財經書從不告訴讀者，哪些地方該捨棄？哪種投資該避免？原因只有三個：一是怕得罪人、二是作者沒有信心、三是置入性行銷。

旅行團的行程最容易出現這種憾事，比方說到關東的日光，旅行團通常只在東照宮逛一逛就算走完行程，能夠更深入一點到中禪寺湖就已經相當罕見，更不用說踏進日光國家公園中最精采的戰場之原。此外，位於福島縣磐梯山的五色沼是多數旅行團遊客來匆匆去匆匆的大熱門賞楓地點，可惜的是，團體客通常只在五色沼最外圍的「毘沙門沼」周邊晃個二十分鐘拍幾張照片就離去，而將人間美景的「五色自然探勝路」遺落在旅程之外。

一八八八年，磐梯山北側的小磐梯山發生了一次小規模火山爆發，山體破壞產生的土石流阻斷了河流，形成包括磐梯三湖（檜原湖、小野川湖、秋元湖）在內約三百個大小湖沼群，其中以位於裏磐梯高原的湖沼最富變化。這些散布在山林中的數十個湖沼，統稱為五色沼。在當年火山爆發時，這些湖沼熔進了火山噴出的礦物質，而湖中的湧泉又使水的濃度產生變化，加之陽光反射強弱等因素，使湖水的色澤發生微妙的變化。五色沼自然探勝路全長約三・六公里，整條路十分平坦，走起來相當輕鬆，沿途可以欣賞毘沙門沼－赤沼－深

泥沼－弁天沼－璃沼－青沼－柳沼等湖泊群，一趟走下來再加上細細賞景與拍照，花不到三小時的時間。

特別是深秋時刻，紅葉並非滿山滿谷，而是混雜著常綠樹、褐色葉子與類似銀杏的金黃色葉子。鮮紅色樹叢在湖的四周，紅色葉子看似燃燒起來一樣，彷彿從萬花筒般的天空縫細中噴出一道道紅色火燄，將湖泊與旅人包圍，但卻又透著深秋的涼意，這片五色沼林道的自然配色宛如法國印象派水彩畫般。秋風至，大地換上七彩紅裝，五色沼的畫面也染成了紅彩，五顏六色的植被著實讓人暈眩。

大大小小的沼澤更是這片彩色世界的要角，毘沙門沼的翠綠、赤沼的赭紅、弁天沼的深紫、琉璃沼（湖底有硫酸與鐵質）的咖啡、青沼的湛藍、柳沼的淡綠，造物者在這條自然探勝路上裝填了五顏六色的容貌，這片水景與山景簡直可以用上帝的彩妝來形容之；多數台灣旅行團遊客都只欣賞入口處的毘沙門沼，領略不到二十分之一的美貌，十分可惜。

五色沼自然探勝路的出口處就是磐梯高原巴士站，可從這裡搭車回豬苗代站，出口處的馬路旁邊是檜原湖，它是裏磐梯高原湖泊群中的最大湖，遊覽船碼頭也在這裡，可以乘坐遊船周遊湖面上大小五十多個島嶼。

在日本眾多的秋天賞楓勝地中，五色沼無疑是我心中的首選，有機會造訪的旅人請挪出時間，慢慢賞析這片天然調色盤，把時間花在美麗的事物上才是真正的幸福。

二十五歲以前我幾乎都是單獨旅行，獨自一人騎著機車環島，獨自一人登

上玉山，獨自一人爬遍群山覽盡百景。三十歲以後，我的旅行多了幾位固定夥伴——我的妻兒，這個四人旅行團是以愛與親情來凝聚行程，我們一家走遍了亞洲各地，入宿過日本各式各樣的旅店。不過，提到這個五色沼反倒是我旅程中，少數獨往的景點，兩次前往五色沼都是一個人的獨自旅行。

我早上七點走進這片調色大地，其實步道上絕大部分時間除了叢林蟻獸外根本毫無人煙，人到中年，膽子有了，見識開了，盤纏也足了，真的該讓自己享受一兩次單獨置身陌生國度，讓自己被迫與自己對話，讓自己偶爾拋開所擁有的一切，放空幾天後，才能真正計算自己到底擁有些什麼。我在五色沼的獨自健行中，孤獨與美景找到平衡，放空與責任之間也找到平衡，享樂與心靈也找到平衡。

四十幾歲的男人，應該至少得獨自去「流浪」個幾天吧！

實用資訊

前往五色沼的交通方式：
從猪苗代站門口的公車站牌處，搭乘開往裏磐梯、檜原湖、五色沼的磐梯巴士，大約一小時一班。我建議搭車到「五色沼入口」下車進入步道，步道另一端的出口就是檜原湖畔的裏磐梯高原站，裏磐梯高原站附近的商店、餐廳比較多，如果是一大早出發，便可以在這裡吃午餐。

五色沼
http://www.zipangguide.net/sight/fukushima/goshiki_marsh.html

04

越後湯澤

文學雪景

每趟日本行，都會找位導遊帶領我深入這個國度：我會找壽岳章子（《千年繁華》三部曲的作者）伴我進入京都的庶民生活；我會拿著萬城目學的奇幻小說《鴨川荷爾摩》按圖索驥拜訪京都的神社；讓川端康成的《伊豆的舞孃》指引我循著那條青澀高中生與舞妓的苦戀步道，去領略伊豆那股難言的含蓄；讀著英國有著仕女旅行家之稱的伊莎貝拉‧博兒在一八七八年所寫的《日本北方旅行日記》，追隨她百年前的腳步去比較這個國家的時代演進；捧著渡邊淳一的《失樂園》，假裝自己是個陷入不倫戀的中年男人，體會一下「絕佳的偷情勝地」——日光。

越後湯澤，我足足去了四趟，因為這裡有諾貝爾文學獎。

日本文學大師川端康成，在一九六八年以《雪國》、《千羽鶴》、《古都》等佳作獲得諾貝爾文學獎，其中《雪國》描述的地點，便是新潟縣的越後湯澤。川端康成是第二位獲得諾貝爾文學獎的亞洲作家（第一位是印度詩人泰戈爾），更令人佩服的是，川端康成是第一位非英文寫作的亞洲得獎作家（泰戈爾是以英文創作出得獎作品）。

「穿過縣境上長長的隧道，便是雪國。夜空下，大地一片白茫茫。」《雪國》的第一段就讓身處熱帶地區的我心嚮往之。雪國書寫的是東洋的「頹廢之美」，東京一位不食人間煙火的中年藝術研究家島村，多次到越後多雪的北國小村，和當地一位名叫駒子的藝妓發生邂逅式的萍水之情，也同時對另一位少女葉子產生畸戀。島村眼裡透過映在晨雪的鏡中看到了駒子的美，也從行駛中火車的玻璃窗中倒影看到葉子的美。川端康成在越後湯澤這片雪國內虛構了

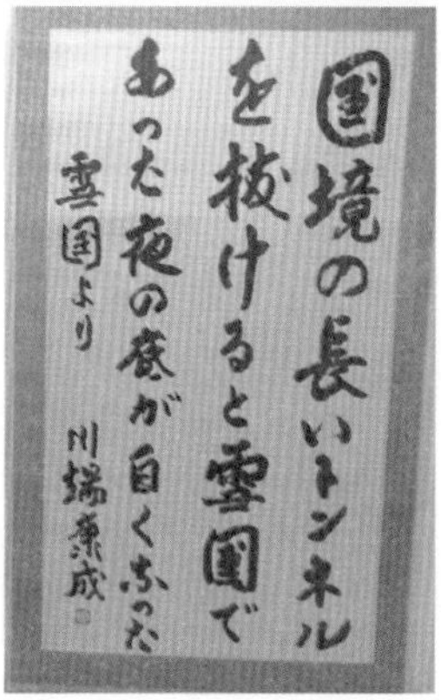

許多朦朧之美，你可以說這是無病呻吟，但也可以歌詠這種飄渺的浪漫，畢竟這是川端康成的小說，這是你的旅行。旅行可以很實際也可以很夢幻，一如愛情。

冬天來越後湯澤前，可以先翻一下《雪國》瀏覽一番：

「望不盡縣境上的群山，山雪悠悠閃著清輝，碧綠的蔥還沒有被雪埋上。」

「天上雲起，層巒疊嶂中，有的遮著雲影，有的浴著陽光。光與影，時刻變幻不定，不大會兒，滑雪場上也是一片凝陰。俯視窗下，籬笆上像膠凍似地結著一條條霜柱，上面的菊花已經枯萎，屋簷落水管裡化雪的滴瀝聲響個不停。」

秋末的越後湯澤一如《雪國》所描述：

「遠山的紅葉，顏色日漸黯然，因了這場初雪，竟又變得光鮮而富有生氣。杉林覆蓋著一層薄雪，一棵立在雪地上格外分明，峭楞楞地遙指天空。」

一出越後湯澤車站就是個十足的溫泉鄉景象，車站外的溫泉街上，溫泉旅館林立，醒目「湯」字處處可見。沿著溫泉街往山的方向步行不遠處有座「雪國文學資料館」，展示著越後地區近百年來的民間文物，包含海報、童玩、日用品、滑雪用具、摩托車等，和川端康成的手稿真跡，以及藝妓駒子的蠟像，還特別保留了川端康成居住過的房間，就連內部擺設都沒更動過。

四度前往越後湯澤各有不同的目的，分別是為了大吟釀、新幹線、白雪與川端康成。

雪國有著濃郁的蒼涼風霜，催化這股頹廢的當然是清酒莫屬了。日本清酒中最頂級的就是大吟釀，其中最美味的兩個產地，一是關西的京都伏見，第二個就是新潟縣了，前者以水質著名，後者則以良米著稱。眾所周知，清酒的靈魂關鍵便在兩者間，新潟的越光米相信大家都耳熟能詳，越後（新潟的古名）拿來真正釀酒的米叫「五百万石」米，稱得上是日本乃至於全球的頂級稻米，越光米乃是食用米，五百万石則是酒造米，非同一種米也。食用米蛋白質多，釀酒米澱粉多（因為蛋白質會讓釀酒產生雜味）。

五百万石是一種很棒的酒造米，釀出來的酒很帶勁，譬如「天狗舞」就是其中一款，所以到越後湯澤或新潟，來一大碗白飯的確是行家級的享受。在台灣買大吟釀，只有少數幾家日系百貨公司才有比較齊全的商品線，而她的售價簡直可用土匪來形容，譬如一瓶北陸的天狗舞大吟釀，在石川當地的售價是四千日圓，到了台灣百貨公司的專櫃，數字四千沒變，只是直接將日圓改成新台幣。所以到日本順便買幾瓶喜歡的大吟釀，便成為我旅行時的順遊樂趣，不過，倒也不用一定得像旅行團一樣去參觀酒廠，除非你有專業上的興趣，要不然在酒鄉的車站或商店街裡，都可以買得到大部分當地出產的酒。

越後湯澤之所以會讓我再三前往的第二大原因是「新幹線」。從東京站搭上越新幹線到越後湯澤只要九十五分鐘，一個小時有三到五班，而從越後湯澤搭上越新幹線到新潟也花不到五十分鐘的時間，上越新幹線有那種最流線型的雙層車廂，火車迷應該會為之瘋狂。如果你是拿JR PASS以東京為中心趴趴走的自遊者，可以搭上越新幹線先到新潟吃個海鮮蓋飯，下午回越後湯澤找家

溫泉旅館做做那種沉溺在溫柔鄉的頹廢白日夢，吃一頓以越光米為主的懷石料理，第二天上滑雪場參加那種兩三個小時的初級班課程，下午再伴著夕陽乘新幹線回東京。就算當日從東京來回也不會讓人感到舟車勞頓。越後湯澤的夏天，雪融以後的雪場變成高山植物園，薰衣草的景色可一點都不比北海道的富

良野遜色。

至於冬天的越後湯澤，因為受日本海吹拂而來的大量冰冷水氣影響，所以降雪量相當大，進山洞隧道前與出隧道後的景觀，會頓時由尋常冬景變成銀白世界。雪量之豐，常達七、八呎以上，難怪川端康成會在《雪國》中寫到，有人從二樓跳進雪裡，身子沉到雪底下，像游泳似地划著走。

乘纜車到山頂雪場，冷瑟瑟的風兀自在山巒間響著，冬天日落得早，白雪與落霞齊映，山頭共長天一色，很美；除了川端康成以外，我想起了《牡丹亭》第十二齣戲「尋夢」的對白：「生生死死隨人願，便酸酸楚楚無人怨。」強說愁的中年宅男面對蒼白雪景不禁也呻吟一番：

「雪上眉梢，冷卻心坎內多少翻騰，世事難料一個誠，人情往往幾多癡。」

計畫滑雪者請搭上越新幹線，在越後湯澤站的下一站「Gala湯澤站」下車，站內就有各種滑雪設備、雪衣、雪鞋的出租服務，也有更衣室、澡堂、置物櫃等設備，然後在櫃檯當場報名短時間的滑雪課程即可。踏出車站就是滑雪場，相當方便。「Gala湯澤站」距離越後湯澤站不過兩三分鐘的新幹線車程，不過，「Gala湯澤站」只有在冬天的時候才開放營運。

旅行的當下，時光很容易飛逝，不適應的是，旅行的結束。

下一次，誰帶你去旅行呢？

實用資訊

前往越後湯澤的交通方式：
乘坐JR上越新幹線從東京車站到越後湯澤車站約 1 小時 10 分鐘。乘坐JR東海道新幹線，從新大阪車站到東京車站換車到越後湯澤車站約 3 小時 40 分鐘。

越後湯澤
http://www.echigoyuzawa.com/

05

尾瀨

自漫溼原

愛自遊旅行的人往往被他人視為「自找麻煩者」：或許是因為常常在旅途中碰到許多可怕的經歷；或許是把我們想成背著一個巨大背包，穿梭在充滿髒亂的第三世界貧民窟，只為了尋找一個晚上可以節省十美元住宿費的背包客；不然就是被誤解成非得去印度吃到上吐下瀉，或是去西藏體會那種人間極簡的苦行僧日子；不然就是到新幾內亞吃一條條積極蠕動的竹節幼蟲，否則便是到義大利被吉普賽人洗劫一空；騎輛三十年老古董機車在越南河內的鬧區蛇行；在印度洋外海被索馬利亞海盜或某個回教民兵遊擊隊綁架……。總有些人就是會把自助旅行想成如此情景，然後把這些自我想像的風險加諸在旅途安排中，於是終其一生不願踏出自遊旅行的第一步。

上述那些情景多半只出現在電影中，自助旅行無須也不必搞成那般冒險犯難的田地。

日本有些美景，跟著旅行團是完全到不了的，尾瀨便是這樣一個地方。日本也有些美景，必須背起背包花上兩三個小時的步行才能一親芳澤，尾瀨就是一個讓我當起業餘背包客的地方。尾瀨，讓我感動的不純然是美景，而是日本人那股保護土地的執念。

每當我思考旅行是什麼？便會想起尾瀨溼原那趟旅行。在尾瀨無法預期步道的盡頭將會出現什麼景色？森林小徑轉個彎會遇到什麼驚奇？在寸土寸金的日本關東盆地邊緣，一個被充分保護的尾瀨竟然如此之大，旅人置身其中讓大自然完全支配的情境，寬廣的溼原與百分之百純粹自然，讓我重新定義了大自然的可能性與不可能性。

日本有一首老歌，歌名是〈夏の思い出〉（夏日的回憶），作詞者是江間章子，內容描寫尾瀨的夏天景色，在日本人心中，尾瀨夏天無疑應該是最美的。歌詞中提到「正浮出夏日到尾瀨的回憶，遠遠的天空，曠野的小木道，在淡淡的薄霧中，看得到水芭蕉花朵的倒影，以及黃昏暮色下的石楠花……」被日本人喻為最棒的夏日回憶的尾瀨，恐怕就連多數所謂日本通的台灣旅客，依然相當陌生。

尾瀨是日本最新的國立公園（第二十九座），二〇〇七年八月三十日才從日光國立公園中獨立出來。尾瀨位於群馬、新潟、福島三縣交界，是日本具有代表性的山岳觀光景點之一，面積共有三萬七千二百公頃。國家公園以尾瀨沼為中心，尾瀨沼周長九公里，是座由燧岳（二三四六公尺）的火山噴發活動而形成的堰塞湖；此外，尾瀨也是日本規模最大的高原溼原地帶，溼原正是尾瀨景色的焦點所在。

要進入尾瀨溼原的路線多達十來條，但是只有兩個入口適合咱們外國觀光客，第一條是從群馬這端進入的「西尾瀨路線」，前一晚可以住在山下的水上溫泉，第二天一早驅車到「鳩待峠」登山口，從「鳩待峠」沿著川上川而行的和緩下坡路，大約一個鐘頭可以到「山の鼻旅客中心」，這裡有販售簡單的餐飲，所以到尾瀨的踏青行程倒不必擔心飲食問題。山之鼻過後就是「尾瀨ヶ原」了，在這裡，不經意在林間轉個彎便可看見一大片的草原與小沼澤群，視野相當遼闊，台灣完全沒有這種高山山巒間寬廣的溼原景色，大大小小的沼澤池塘內都具有各自的獨立生態。

從山之鼻走約一個鐘頭，來到一個長得像牛頭的樹林，這個地方就叫做牛首。牛首有個相當大的池子——「燧岳」，在溼原中倒影襯著藍天白雲相當好看。這一條「西尾瀨路線」就在「牛首」這個地方原地折返，整個健行的行程大概只花五六個小時，而且坡度比較緩和（上下落差只有海拔兩百公尺），走起來不會太疲憊。

第二條輕鬆的當日往返路線是「東尾瀨路線」，從福島的會津若松站搭「野岩鐵道」在「會津高原尾瀨口站」下車，然後轉搭公車前往東端的入山口「沼山峠」，「沼山峠」下車後循著「尾瀨沼」的指標步行，大約五十分鐘便會抵達尾瀨東端的「大江溼原」，這片溼原和西端的「尾瀨ヶ原」有著相似的景色，不過略為狹小一些，再從大江溼原走到「尾瀨沼」，抵達尾瀨沼後便原路折返，這段「東尾瀨」踏青所費時間更少，大概三個多小時便可以輕鬆往返，但是以上下起伏的坡度來說，「西尾瀨」比較緩和。

第一條從群馬縣端進入的「西尾瀨路線」，大眾交通比較不方便，適合自行駕車，步行時間也較長一些；第二條從福島縣那端進入的「東尾瀨路線」，比較適合搭乘大眾交通工具前往。前者有寬闊的尾瀨溼原和沼澤生態，適合夏天造訪；後者有如夢幻般的尾瀨沼，秋日時節造訪，尾瀨沼的楓紅宛如仙境，可說各有千秋。

尾瀨是座花草樂園，最適合旅遊的季節應該是七月，大多數尾瀨的原生花種都在七月份綻放，而且七月份的平均溫度是十五至十六度，正好可以避開盛夏的酷暑。如果是十月份楓紅時節來訪，則平均氣溫甚至會低到攝氏五度以下，得要十分注意保暖。

除了美景之外，最讓我感到震撼的是日本人對其土地的愛。尾瀨國立公園所有的林間或溼原步道，全部都是架高的木棧道，讓旅客的足跡不會踏在尾瀨的土地上，以免破壞原有生態；入山口有義工發放垃圾袋並再三叮嚀；尾瀨國立公園中沒有任何一條可以讓任何車輛行駛的公路，園內的遊客中心與小木屋度假旅館，其物資補給完全用人力來運送。

整個偌大的尾瀨溼原中，你看不到一個日本人在非休憩區以外的地方用餐，你也看不到沿途有任何不屬於大自然的垃圾，你還可以看到日本遊客在休憩區仔細收拾自己的垃圾，即便連一顆飯粒都會撿起來帶出溼原。更讓我咋舌的是，木頭步道的入口處擺了好大一塊刷鞋底的毛氈，為的是要讓每個人在進入溼原之前，盡量擦拭自己的鞋底，以免將非原生種植物的種子經由鞋底夾帶，入侵尾瀨沼，破壞了此地的原始生態系統。

「人可以回頭看，但千萬不能走回頭路。」這句話似乎不適用在尾瀨，當時間與體力不夠時，誰說不能走回頭路，走回頭路可以用一種相反的角度來審視來時路的景緻，走回頭路可以找尋當初遺漏的種種，走回頭路或許可以讓人生不再遺憾也說不定，量力而為是旅人最重要的人生哲學吧！

實用資訊

前往尾瀨國立公園的交通方式：
乘坐JR上越新幹線從東京車站到上毛高原車站約1小時20分鐘。乘坐巴士從上毛高原車站到清水約2小時10分鐘。乘坐JR東海新幹線從新大阪車站到東京車站約2小時30分鐘。

尾瀨國立公園
http://www.oze-info.com/~info/oze/

06

銀山溫泉

江戸雪歌

無論此生曾去過哪些地方？造訪過哪些旅遊指南上的景點？旅行的豐盛與否取決於人的故事，旅行的小插曲、大故事、旅行的上下坡路，以及該趟旅行到底處於起伏人生座標中的哪一象限，唯有旅人自己去定義。

山形縣有許多地方值得一遊，對我而言，山形縣的銀山溫泉，算得上是日本首屈一指的雪景。銀山的雪和北海道的雪不一樣，銀山溫泉的雪透著濃郁的江戶風味，除了純白之外還有歷史的顏色，除了冷冽之外還有遺世的內涵。

早年的銀山溫泉是開發銀礦的地方，故名銀山溫泉。這裡的溫泉街兩側都是成排的三、四層樓木造建築旅館，約莫是大正年間起造的房子，古色古香，意味盎然。來到這裡總會讓人產生一種錯覺，以為來到專門供電影拍攝的電影村。其實轟動一時的NHK電視連續劇《阿信》，其中阿信跟母親相遇感人的一幕，就是以這裡的「能登屋」做為場景。除了享受泡湯和傳統日式旅館的樂趣外，一邊回味《阿信》感人的劇情，別有一番滋味。傍晚溫泉旅館紛紛亮起溫暖的鎢絲燈，或是天微亮時的靜謐感受，都很有傳統的日本風味，夜景也相當的靜美。

銀山溫泉是讓我愛上冬季到日本泡湯的元兇。當我首度踏進銀山溫泉的銀色世界，時間是凝固的，讚嘆是多餘的，雪景是脫俗的。很難想像這世界上有如此美的地方，這個地球有三分之一的地方會下雪，但是，能夠完整保留兩百年前風貌的街景，一如讓人跌入百年前的雪國，就很罕見了。「錯置」在美學中是一種不對稱的美，從亞熱帶的現代台灣突然掉進百年前的江戶酷寒，讓人不免產生跌入時光機的錯覺。

離開銀山美景的當下，有股失戀的感覺，一恨如此美景為何相見恨晚，二恨時間為何如此短促，就如同美麗的初戀，總是要分手之後留下惆悵的深刻記憶。造訪過冬天的銀山溫泉後，你恐怕會挑剔起其他溫泉與雪景，除了用「曾經滄海難為水」外，很難用其他筆墨來形容之。

標準的山形賞雪之旅除了銀山溫泉外，還可以順遊最上川。最上川發源於日本東北山形縣和福島縣的交會處，穿越吾妻連峰，全長二二九公里，是日本排名第七長的河川，也是山形縣內最重要的河川。河面看似平穩無波，然而河底的流速卻是水面的兩倍多，也因此名列日本三大急流之一（其他分別是熊本縣球磨川、靜岡縣富士川）。

最上川的歷史，最早可從日本平安時代開始，當時從中游到下游這段距離，都是船行最頻繁的區域。元祿年代以後還能暢通到米澤盆地，每天都有上百艘船川流不息。商人們將從最上川流域收穫而來的米、紅花等民生必需品往下游送到江戶與京都。當時大阪的主要貨品為紅花，而京都則主要是運送西陣織及友禪染製作所需的染料等。回程時，商人再裝回京都知名的清水燒等陶器回山形各地販賣，充分流通了各地的物資。因此最上川附近還留存著許多江戶、京都等地的辭彙、飲食習慣等文化。

最上川四季皆美。尤其是每年十二月一日至三月下旬，迎接遊客的是有如中國水墨畫般的雪景。從最上川起點搭乘「雪見船」順流而下，悠閒的感覺十足詮釋了「風流」二字。船主貼心的準備了暖桌，或可以一邊享受熱騰騰的鄉野火鍋料理，快意莫過於此。

我第一次到最上川是夏天，川面的氣溫竟然低到九度，我毫無警覺的只穿著短褲短袖，五天後回到台灣便染上感冒，感冒發燒那幾天做了一個錯誤的決定：我婉拒某銀行投資長的職缺，加入了某個惡名昭彰的投資團隊，不到五個月竟然從那個團隊中看到人性最險惡的一面，也看到金融市場中最墮落的人性。那次最上川的船程是由上游搭到下游，好像一條下坡路，映照當時自己的人生，似乎也像從高峰走到下坡路。

旅行和人生一樣，下坡路或回程路都會顯得無力感或漫不經心，有些人走到人生的下坡時格外容易迷失，或就此自我放棄，或是留戀於過去的頂峰，而選擇不自量力的逆勢而為。那一段去最上川的時空，恰好是我的人生第一條下坡路，如今我學會了如何去淡然面對下坡的旅程。走下坡時更該多觀察旁邊小小的有趣叉路，而不是執著在同一條早已走遍的重複路程。我堅信人生下坡路也是可以走得很完美。

我也曾和一群朋友去過山形縣，其中有位朋友帶著女友，途中他問我這趟旅程中哪一個地方最適合求婚，我告訴他正是銀山溫泉，於是當天早上他刻意避開了大夥，到了中午傳來喜訊，他在銀山溫泉的加持下抱得美人歸，也讓整個團充滿了喜樂。

我相信，那位在銀山溫泉求婚成功的朋友，會認為在銀山溫泉的那天正是他人生上坡路的起點。

實用資訊

銀山溫泉與最上川的交通方式：

從天童搭山形新幹線（下行方向）到新庄站，要注意的是山形新幹線的班次不是很多，所以務必搭早上九點以前發車的那一班（8:58從天童站發車），到了新庄站（天童到新庄的車程是50分鐘）先將你的行李寄放在新庄站的付費置物櫃，把行李安置妥後，在新庄站搭上JR陸羽西線到古口站，古口站出口就有最上川渡船口的指標。

由於上下船的地方不一樣，所以下船後必須搭公車回到古口站，再搭JR陸羽西線（上行）回新庄站，再轉乘上行方向的山形新幹線在大石田站下車，到大石田站門口轉搭前往銀山溫泉的「尾花澤市營巴士」，巴士一天只有五班。銀山溫泉旅館的接駁車都會在「大石田站」等候旅客，從大石田站到銀山溫泉乘車時間約30分鐘，如果雪量過大則會更久。接駁車要事先預約，只要你把抵達JR大石田站的時間清楚告知旅館即可。

從JR古口站徒5分鐘就可以到「 沢藩船番所」，或從古口站或草薙溫泉搭乘最上川交通巴士到此乘船。

從JR山形新幹線大石田站乘巴士約需40分鐘可抵達銀山溫泉。

銀山溫泉

http://www.ginzanonsen.jp/access.html

第4篇

領略*藝術的殿堂

01

大宮鐵道博物館

持有JR-PASS在日本旅行相當便利，特別是東日本JR-PASS，涵蓋整個關東、東北和部分的北陸地區，可以不限次數上下搭乘東北新幹線、上越新幹線、山形新幹線與長野新幹線，搭乘這些新幹線還有個旅遊的樂趣，那就是「中途下車」的旅行方式，東日本的四條新幹線沿線中，就有個相當值得中途下車一遊的景點，那就是鐵道迷的朝聖地——「大宮鐵道博物館」。

「大宮鐵道博物館」的所在地正是「大宮」，四條新幹線全都會停靠大宮站，不論你的目的地是到仙台吃牛舌、長野滑雪、山形泡溫泉、新潟吃海鮮、還是到輕井澤度假……，回程或去程都會經過「大宮」站。從大宮車站轉搭「埼玉新都市交通」鐵道，只要一站就可以抵達「大宮鐵道博物館站」，在大宮車站內四處都有清楚的「鐵道博物館」搭車指標，只要循著指示就可以到轉車處，在「大宮鐵道博物館站」下車後跟著指標大約步行兩分鐘便可抵達博物館的門口。

「大宮鐵道博物館」適合什麼人或什麼心情呢？

一、鐵道迷：無庸置疑，館內陳列了近百年來各款日系火車的車廂與火車頭，只要是對鐵道有點興趣的遊客，這裡簡直是個「朝聖地」呢！一如宅男的秋葉原以及老饕的築地市場。

二、攜幼子同遊的父母：除了陳列各種火車之外，館內還有許多迷你鐵路、迷你蒸氣小火車、火車駕駛的虛擬實境……等，可以讓小孩和大人都玩得很痛快。

三、懶人一族：不論天氣是風和日麗還是下雨飄雪，從一踏出新幹線車廂

急行
16 TRACK
とき

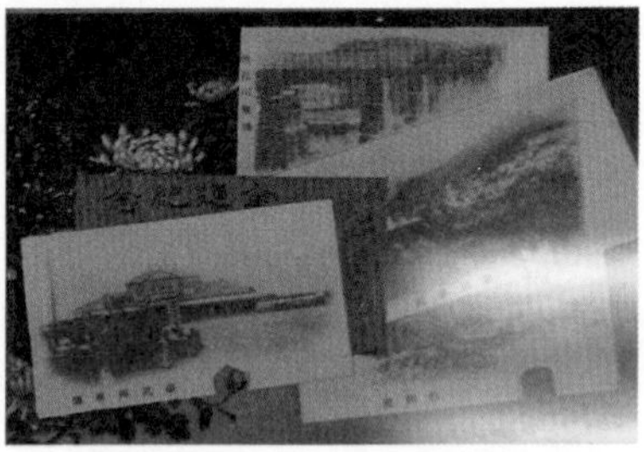

到大宮車站，再轉車到博物館的沿路，都不讓遊客刮到風、淋到雨，貼心的設計讓遊客用不著擔憂天候。換句話說，如果到了東京才發現天氣過於酷熱或下起大雨（雪），鐵道博物館倒是個懶人的旅遊天堂。

四、採買禮物敗家族：館內的紀念品店有各種火車相關的紀念商品，這裡販賣的鐵道商品或火車飾品在別的地方可不容易買到；所以，對於那些不知道該採買什麼東西給親友（特別是小孩的玩具）的人，來鐵道博物館恐怕會急速拉抬自己的敗家指數。

五、中途下車族：大宮車站內有許多大大小小的置物櫃，車站內有相當清楚的置物櫃指示。在日本車站內，置物櫃的指示圖是一隻鑰匙，只要找到鑰匙的指示圖，並順著指示方向就可以找到置物櫃位置。旅客可以將行李寄放在車站的置物櫃裡，對於拖著大包小包行李自由行的旅人，大宮車站的服務相當體貼。

大宮鐵道博物館在二〇〇七年開幕，大人的門票是一千日圓，除了展示上百部大大小小每個時代的火車車廂以外，連古老的月台都整座搬進博物館來。即便已經進入時速四百公里新幹線時代的今天，鐵道博物館仍然保存了一百多年前的鐵道與火車，更難忘的是，館內竟然可以看到一九七〇年代台灣觀光號的車廂（三二七五〇系列特別二等車）。觀光號有著我幼年南來北往的回憶，在台灣早已被掃入歷史灰燼，不留一絲蹤跡，卻在日本的大宮重現我眼前；除了觀光號列車，這裡還保留著台灣從十九世紀到一九四五年間（日治時期）相關鐵路的詳盡照片與資料，同時記載著台灣的部分鐵道發展史，這些史料在台灣恐怕早已佚失，參觀後不免感嘆台灣人到底該如何建立自己的史觀呢？

實用資訊

前往大宮鐵道博物館的交通方式：
大宮是東日本四條新幹線的停靠站，交通相當方便，如果沒有JR PASS，可以到上野搭JR京濱東北線在大宮下車，再轉乘埼玉新都市交通伊奈線到鐵道博物館站。

大宮鐵道博物館
埼玉県さいたま市大宮区大成町3丁目47番
http://www.railway-museum.jp/

02

河口湖美術館

二〇〇一年九月十二日早上九點，我與家人正好要踏進河口湖美術館，一通電話把我從富士山急召下來，十二個小時後人回到台北，二十二個小時後銷假回到辦公室上班，只因為老闆對九一一事件後公司如何操作投資束手無策。我看著妻兒失望的神情，我看著美術館的票根，我忍受著好不容易獲得假期卻被無情且無理打斷，半年後我辭掉工作，我要專心旅行，尤其是一座座收藏人類美學或藝術遺產的美術館與博物館。當我恢復自由之身後，第一座造訪的美術館就是「河口湖美術館」。

相信許多人都去過富士山及其山腳下的河口湖，只不過，看你是用什麼方式一親芳澤？有人是參加購物頻道販賣的廉價行程，遠遠地從幾十公里外的高速公路休息站眺望富士山；也有人跟著旅行團巴士，從高速公路交流道下到河口湖畔，拍張富士山在河口湖的倒影，便匆匆忙忙離去。

一趟旅程回味的甘甜在於態度，在於對旅行這兩個字的尊敬。將大把的閒情逸致花在值得等待的景色，便是對日後回憶的一種尊敬，畢竟能夠帶回什麼樣的旅遊回憶，才是旅程中最值得投資的事情。在河口湖畔找一座美術館，靜靜地享受午後茶點、湖光山水和藝術品，是我認識河口湖的最佳解決方案。

湖泊對我而言是種神祕，或許是源自兒時著迷的漫畫《天才小釣手》的緣故吧！深山的祕境中總有座不為人所熟悉的神祕湖泊，深不可測的湖泊內有著種種奇怪的水底生物傳說⋯⋯，我從小到大恰好都在湖邊生活，青澀歲月的高雄澄清湖，成家立業後蝸居在台北的碧湖一角。湖泊對我而言，似乎是在家的旁邊放了一座深邃的沉澱心情洗滌所，夜深人靜時可以把心中的酸甜苦澀一股腦地傾倒入湖內。

最優雅的河口湖行程安排，是下午兩點鐘提前check-in河口湖畔的頂級溫泉旅館，在鬆散行程中擠出時間參觀一座座散落在湖畔四周的美術館與博物館，河口湖四周有「河口湖美術館」、「河口湖木之花美術館」、「河口湖音樂盒之森博物館」、「久保田一竹美術館」、「河口湖ハーブ（Haabu，香草）館」、「河口湖自然生活館」……等；其中又以「河口湖美術館」最具有氣氛，河口湖美術館位於河口湖東北岸岸邊，美術館與富士山、河口湖的自然風光融為一體。美術館的展示作品以富士山為主題，雖然美術館並非建築大師所設計，館內也沒有世界重量級畫家作品的展示，但由於館方屬於官方經營，所以沒有過多商業色彩，格外有股清雅與恬靜的氣質。

在美術館內的湖畔咖啡廳喝杯午後茶點或咖啡，遠眺巍巍白靄的富士山峰若隱若現於午後薄霧之中，倒也構築出一幅虛無縹緲的湖光山林之自然畫作，到底是身處美術館中還是置身美術館的畫中，再也分不清楚；原來人聲鼎沸的富士山腳下也有如此僻靜的私房景點。

雨停了、霧散了，河口湖的天空與湖水清澈了，美術館的午後，沒有團體遊客的吵雜，我的運氣相當好，一整個下午整座美術館沒有別組遊客，彷彿是座私人城堡，誰說旅行一定得擠在紀念品專賣店或觀景纜車裡頭啊！下一次旅行就把美術館排進行程內吧。

實用資訊

前往河口湖美術館的交通方式：從新宿搭JR中央線，在「大月」站換車，轉搭乘「富士急行」的火車到河口湖站，班次相當多，一個小時有4到6班車，在河口湖站門口搭循環巴士，在「河口湖美術館」站下車。

河口湖美術館
山梨県南都留郡富士河口湖町河口
http://www.fujisan.ne.jp/search/info.php?ca_id=2&if_id=194

03

安曇野知弘美術館

旅行的目的是什麼？當我經歷了那麼多趟各式各樣的旅程後，終於找到了一個屬於自己的解答：「暫停」。將停不下來的開盤收盤暫停一下，將晨昏不定加班開會暫停一下，將升學升遷的壓力暫停一下。

於是愛旅行的我又產生了另一個問題：「停在哪裡？」

旅程的安排除了按圖索驥的規畫以外，許多人忽略了一個要素：你到底想要停在哪裡？停在四季的變幻裡，冬白雪、春嫩櫻、夏新綠、秋紅楓；停在自然景色中，北國雪白的山巒、崢嶸險峻的峽灣、寧靜深邃的湖泊，還是靈氣迫人的森林；停在宗教與神明的世界中，神社、寺廟、教堂與神殿；停在洗滌身心的旅店睡上一夜好眠，一泊二食的風呂、與世隔離的一島一飯店、任性隨意的villa，亦或尊貴堂皇的七星級奢華酒店。

「安曇野」是一個讓人想暫停一切的天堂，因為她有輕鬆不過度承載的民宿，以及一棟棟美如詩歌的柔和美術館，是個一聽到地名就會嚮往的地方，「安曇野」三個字的字眼裡，彷彿可以聞到滿山的花香、青翠的稻田氣息和野放的人生。

安曇野大大小小至少有二十座美術館博物館，如碌山美術館、高橋節郎記念美術館、ジャンセン（Jansen）美術館、有明美術館、安曇野山岳美術館、繪本美術館、豐科近代美術館……，號稱是全日本藝術人文氣息最濃的小鎮。無暇一一探訪的我，只能開著車一家家的串門子，即便有著滿滿的向隅，即使只能在門口一一遙望這些小巧的藝術建築，依然感受到安曇野的遠山與清澈白雲所襯托出建築之美，其中的首選當然是「安曇野ちひろ（Chihiro，知弘）

美術館」。

美術館的存在要素一定要有些藝術品與藝術價值的累積，而這些累積的背後若能有個快樂或浪漫的故事，或者是悵然若失的悲喜戲劇性主題，或有傳奇的館主，更能成為一座偉大的美術館。喜歡村上春樹《海邊的卡夫卡》一書的讀友，應該會對書中的「甲村圖書館」有興趣，而當我來到安曇野知弘美術館的當下，浮現在我腦海中的便是村上的那座「甲村圖書館」。

安曇野的柔表現在「知弘美術館」上。這間美術館以女畫家岩崎知弘（岩崎ちひろ〔Chihiro Iwasaki〕）的名字命名，岩崎知弘作品入選聯合國世界重要文化財產，她的畫充滿了幻想、天真、浪漫、甜美與愉快，是童書繪本領域中非常有成就的一位畫家，她將西洋的水彩畫融合中國和日本的水墨畫，加上自己師承的藤原行成流，創造出纖細而富動感的特殊水彩效果。

美術館內展出了岩崎知弘與世界其他知名童話繪本畫家的作品，還有陳列了三千幅世界知名作家繪本作品的繪本部屋，館內挑高寬敞的會議室使用了大片落地窗，讓大花園和附近的北阿爾卑斯山脈景緻能盡收眼底。她沒有一般美術館的冷冽與銳利，她以一棟棟精緻小巧的木造建築，隱身在信州平原與北阿爾卑斯山脈之間，低調地與自然融為一體；美術館旁是大片綠地、水池、稻田、小屋和無盡綻放的花朵。

岩崎知弘一九一八年生於日本福井縣武生市，畢業於東京府立第六女高，曾學習藤原行成派書法，並先後師事於岡田三郎助、中谷泰、丸木俊等畫家。在國際間享有盛名並屢獲大獎，包括文部大臣獎、小學館兒童文化獎、產經兒

童出版文化獎、波隆那國際兒童書展年度最佳插畫獎。一九七四年因肝癌去世，享年五十五歲。中譯作品有《久兒之星》（二〇〇三年，和英出版社）。

我一直認為美術館的體驗可以很多元更可以很柔軟，美術館除了典藏的藝術資產以外，還可以品嘗她的人文氛圍。岩崎知弘美術館從內到外彷佛置身在繪本的世界中，館內處處可見明亮的落地窗遠眺立山連峰，坐在美術館罕見的沙灘懶人躺椅上，呼吸著從四周水田飄來的田園泥土氣息，到了夏末秋初結穗時分，會讓旅人融入遠方白雪山頭、飽滿的稻香與繪本夢幻當中。館內收藏的童話繪本沒有印象派的難以咀嚼，沒有浮世繪的繁複華麗，一幅幅簡單易懂的童話手繪本，不必去探究筆法與匠心，繪本的世界沒有鑑賞門檻的負擔，也無須思索沉重的藝術使命。

美術館還有一個更吸引著我的地方。凡是造訪任一座美術館，我必定到附屬的咖啡廳去喝上一杯咖啡，試想世界上有哪間咖啡廳能夠擁有那濃郁的人文、精巧的擺設與寧靜的氣氛呢？在地的咖啡豆、附近農家的水果與村婦的手工餅乾，日本比台灣幸福的地方就在這裡，任何一個小鄉鎮至少都有一座美術館（或博物館、文學館、紀念館），且幾乎都可以用很任性、很低廉的門票，去享受讓身心暫停的溫暖空間。

當一個國家累積了龐大的財富以後，該如何運用這些財富呢？靠賣石油致富的杜拜選擇蓋了許多奢華的旅館與賭場，留給自己後代一個暴發戶史觀與暴起暴落的風險；還是像中國選擇起造更多更大產能的工廠，留給自己子孫更嚴重的污染和血汗工廠；還是像許多第三世界的國家，拚命把賺到的錢匯往歐美，只留給政要子孫一堆海外的存摺或無法支配的債權；還是像日本與北歐荷蘭等這些國家，大量興建美術館、文學館紀念館，留給她們子孫無價的藝術資產與寬廣的思考空間。

近年，逛美術館已成為旅遊顯學，特別是日本，不到四個小時航程就可以有幾千座美術館可供參觀，不論從建築的角度、藝術的目的、咖啡香的迷戀，亦或只是想到裡面吹吹冷氣，用美術館取代免稅店似乎是個不錯的行程新排法呢。

偉大且豐潤人心的藝術品應該搭配美麗的歸宿，這些人類共同的美學資產就該有如此的歸宿，當我看到近年台灣一些沾滿了散戶血淚的股票掮客，前仆後繼地炒作畫作，附庸風雅地將藝術品當成自己「文化漂白」的工具，一如黑道藉由生意或政界來漂白身分一般；或者藉由藝術賺取差價幫掮客大戶出貨，抑或只是把藝術品當成是洗錢工具，我很想告訴他們，請還給藝術一個單純的空間。

實用資訊

前往安曇野知弘美術館的交通方法有三：
一是開車，從長野自動道路的豐科IC下交流道，再用GPS設定去搜索美術館；第二種方式是在JR大系線的「信濃松川站」下車，在車站旁租台腳踏車，大概騎十到十五分鐘就可抵達，行李可以寄放在自行車出租店或車站的「觀光案內所」；第三種方法是從「信濃松川站」搭計程車，這是最方便的方法，車程不到五分鐘，車資大約一千四百日圓，可以和計程車司機約定回程時間，或要離開美術館前請館方的櫃檯人員幫你叫計程車服務。

安曇野知弘美術館
長野県北安曇郡松川村西原3358-24
http://www.chihiro.jp/azumino/

04 北齋紀念館

日本人是個相當勤奮的民族，連閨房內的那檔事兒都特別執著和認真，不過！請別誤會，我說的是「認真」，可沒有長他人志氣滅自己威風的意思。日本文化有兩個相當發達的領域，一是浮世繪、二是女優，前者是愛情動作繪畫，後者是愛情動作影片，前者造就江戶時期大鳴大放的浮世繪藝術，影響到半個地球以外的歐洲印象派繪畫風潮，後者間接造成錄放影機與ＡＶ工業的發達。

日本浮世繪的版畫印刷品，在十九世紀除了觀賞用途外，也被當成陶器的包裝紙或打包填充物出口到歐洲各地，一幅幅色彩華麗、筆調活潑與構圖大膽的廢紙，被歐洲人驚為天物，於是，日本人原本棄之如敝屣的浮世繪，搖身一變成為大作，一幅幅撼動歐洲畫壇。莫內、馬奈、雷諾瓦等印象派畫家，均受日本浮世繪的影響，此外荷蘭畫家梵谷更曾經臨摹過歌川廣重的《大黑屋錦木江戶町一丁目》與《大橋驟雨》等畫作，且梵谷個人珍藏品中就有大量的日本歌川派浮世繪，他畫裡湛藍的天與金黃的向日葵，可以說就是取材自日本的浮世繪。

孕育浮世繪畫師的溫床正是春宮畫的市場需求，舉凡藝術家總得先面對最現實的溫飽與生存問題，在這方面，日本的畫師恐怕會讓當年那些窮到鬼見愁的歐洲印象派畫家羨慕死了，因為日本有大量的春宮畫市場需求。我認為，這肇因於日本沒有如西方那種強而有力的教會與宗教的箝制力量，所以沒有那些管東管西的保守衛道勢力，加上江戶時代的德川幕府對政治思想的箝制，造成平民百姓的普遍反抗心理，於是上從貴族下到庶民，藉著春宮畫中人類共同的性行為、赤條條的人性，來抒發被壓抑的情緒。這也可以用來解釋，日本當年不分男女老幼，一同泡在澡湯裡的「混浴」習俗之文化背景，大家光條條地毫無禁忌，只為了解放受壓制的生活。該時代的浮世繪（春宮畫）十足展現了日本國民最真實與赤裸裸的性格，在幕府強權統治和生計的苦悶裡，給予人間男女一個暫時釋放、喘息與忘情的空間，卻不經意地偶然打造出不可磨滅的藝術價值。

在江戶時代，繪本（這裡主要指彩色印刷的版畫）是當時出版物的主要重心，更是一般平民的娛樂和精神糧食。江戶時代中末期可說是繪本浮世繪大眾化的天下。「繪本」顧名思義是圖畫故事書，這些讀物都附有插畫，許多浮世繪大師都是春宮插畫師出身，進而成為浮世繪的大師。假使沒有這些娛樂的春宮插畫，也就沒有浮世繪的興起，由於大部分繪本都屬於春宮的情挑作品，以至於浮世繪的畫風與構圖都相當大膽，從而衍生一種追求繪畫的絕對視覺美學效果。

從幕府末期到明治維新左右這段期間，浮世繪的作品飄洋過海傳至歐洲，引起莫內等印象派畫家的驚奇。在浮世繪畫中，表現得最為淋漓盡致的，首推葛飾北齋、喜多川歌磨與歌川廣重三人，他們被推譽為宗師級人物，無人能出其右，其中以葛飾北齋的影響力最大。這不僅僅是因為歐洲畫家對浮世繪的異國風味感到好奇，也是因為北齋的畫風及構圖奧妙，激起歐洲印象派畫家的讚賞，進而影響了歐洲的畫風。葛飾北齋以浮世繪的風景畫聞名於世，他在浮世繪時期創作長達七十年，畫號改變了三十幾次，甚至每改一次畫號，畫風也隨之改變，因此而得到「畫狂人」的稱號。

長野縣的小布施町是日本歷史上知名的商業、文化重鎮，難得的是，現代的小布施町仍保留著十六世紀江戶時代的風情。日本國寶級浮世繪大師葛飾北齋對長野縣小布施町情有獨鍾，他選擇在此度過晚年，北齋的畫室還完整地被

保留在這個小鎮的「北齋紀念館」內，一直到一八四九年八十九歲去世前都在作畫的北齋，在小布施留下了不少曠世巨作，北齋的親筆畫唯有到這裡才能欣賞得到。

到小布施除了領略北齋紀念館中葛飾北齋的大師風采外，還可以品嘗當地特產「栗子」，以及其他用栗子做出來的各式甜點。

日本國內每年有上百萬人到小布施遊覽，一出小布施車站就有一條長達五公里的「栗の小徑」，全是用當地特產栗子樹的木塊舖成，是造訪小布施的必遊景點之一。小布施的街道，不見高樓大廈，只見古宅、倉庫、酒窖等別緻的傳統建築，銀行、超商、餐廳等也都特意營造古意，這是當地官民為保存傳統文化景觀，不願妥協的努力成果。逛起來的感覺彷彿掉入「江戶」時期的時光隧道，和京都的花見小路、高山的老街有著相近的風情。當地有不少栗子點心特產店都是百年老鋪，最有名的是「小布施堂」（Obusedo），她的特產栗子羊羹、栗子霜淇淋和栗子飯，更是不能不品嘗的美味。

浮世繪、雅士、古街與栗子霜淇淋，可以讓人度過一個很不一樣的日本內陸午後。

實用資訊

前往北齋紀念館的交通方式：
到小布施的交通，除了開車以外，就是搭電車前往了，最便利的選擇是在東京車站或上野車站搭乘「長野新幹線」，從東京到長野只要102分鐘，而你也可以從松本的方向（就是安曇野那個方向）搭JR「篠ノ井線」到長野，只要70分鐘即可。接下來在長野車站搭乘「長野電鐵」之「長野線」列車，在小布施站下車即可（車程25

北齋紀念館
長野県上高井郡小布施町大字小布施485
http://www.hokusai-kan.com/

05

瑪麗．羅蘭珊美術館

日本暢銷書作者大前研一，年輕時曾經從事過多年的導遊工作，是位貨真價實的旅行團導遊，擔任外國團體旅客到日本旅遊的帶團工作，他在著作《想做的事就去做！》一書中提到，長野的蓼科高原是「度完餘生」最理想的地方。一如鄧麗君選擇了清邁，大前研一的蓼科和鄧麗君長住的清邁，應該都是具有「人生最後一個故鄉」的意境吧。

前往蓼科的最佳方法當然是開車，在這一帶公路開車起來十分舒服，叉路不多，加上日本道路衛星導航系統的指引，不太可能會迷路，不管是從山下的諏訪湖往北向上開，或是山上的車山高原白樺湖往南向山下開，差不多都只是十來公里左右的車程。

如果是搭乘大眾交通工具，首先要搭JR中央線到茅野站，再搭乘「茅野駅－蓼科－ロープウエイ（Ropeway）」這條巴士路線，然後在「蓼科湖」站下車，車程僅需三十分鐘。這裡一共有三個遊憩點，剛好連成一片，分別是「瑪麗．羅蘭珊（マリー•ローランサン，Marie Laurencin）美術館、「蓼科高原藝術之森彫刻公園」和「蓼科湖」，足夠讓人流連一整天，對於搭乘巴士的旅客可說是方便極了。雖然蓼科高原上還有許多漂亮的景點，只是在時間或交通工具的限制之下也只能割捨了，旅行本來就是一種取捨的活動，不是嗎？

蓼科高原藝術之森彫刻公園相當有趣，它是座戶外的雕刻品展示園區，逛起來要一個小時。我是在七月上旬的初夏淡季造訪，高原的涼爽與園內數百座金屬雕塑品，配合著園內的山水造景和可以讓小朋友玩的迷宮，逛累了就可以到座落一旁的瑪麗．羅蘭珊美術館看畫，吹吹冷氣。

MUSÉE
MARIE LAURENCIN

接吻　1927年頃

マリー・ローランサン美術館

瑪麗．羅蘭珊美術館在台灣沒有多大名氣，我想大概應該是交通不便的緣故，也正因為如此，這座美術館就顯得相當幽靜。我曾在初夏週末的午後參觀這座美術館，除了我們一家人以外，整個下午沒有其他來客，你絕對想像不到，我們全家四人各自占領四個角落，在美術館內睡起午覺來。伴隨我度過盛夏中午的，竟然是來自法國南部的名畫與涼夏高原的美術館，無價。

瑪麗．羅蘭珊出生於巴黎，一九〇四年進入安培美術學院正式學畫，一九〇七年於獨立沙龍中首次展出，隨後加入了詩人阿波里奈爾（Guillaume Apollinaire）、畫家畢卡索、德漢（André Derain）……等人組成的「洗滌船」畫廊，投身前衛藝術的領域。羅蘭珊早期的畫作呈現印象派、新藝術和野獸派等風格的影響，之後與阿波里奈爾墜入情網，因而吸收不少立體派的內涵，是巴黎畫派中重要的女性畫家。

一九三〇年代後，羅蘭珊的畫作越來越著重在色彩與形式的處理，其色調更為明亮與柔和，此時的羅蘭珊雖然仍以粉紅、淺藍與灰作為畫面的主要顏色，但是其整體色彩的層次卻較以往更加豐富細膩；尤其是她油彩中那種近似水彩的透明與渲染效果，更是強化出畫面纖細優雅的質感，和一股神祕夢幻的獨特氛圍。

蓼科這座瑪麗．羅蘭珊美術館是全球唯一收藏瑪莉．羅蘭珊作品的美術館，經常到日本旅行的我，最常被問到「為何那麼喜歡到日本？」當你和我一樣，可以在蓼科高原看到近百幅法國達達藝術女將的作品，在金澤的靜巷內（二十一世紀美術館）看到畢卡索的畫作；可以在安曇野看到多幅百年前俄羅

斯童畫；可以在河口湖看到孟克的真跡；可以在大阪大山崎美術館看到莫內的睡蓮；更可以在倉敷的大原美術館一口氣貪婪地觀賞莫內、畢卡索、雷諾瓦、柯洛、米勒、馬奈、高更、盧奧等世界級畫家的作品，這樣應該就可以了解我流連在日本藝術殿堂的原因了。這些人類無價的饗宴哪裡還需要語言上的解釋？我很希望有一天，在台灣便可以輕鬆看到如此豐富的人類藝術珍貴遺產。

美術館旁有一座蓼科湖，這座湖因為地處日本的國立公園內，所以湖邊沒有人為的開發與突兀的建築，意外地營造出一幅世外桃源的氣氛。親近蓼科湖的最佳方式是租艘小船，慢慢地盪漾在湖水的世界和周圍的植被，聽說秋末楓紅時節，湖邊的楓紅倒影幾乎將湖水映成了火紅一片。

喜歡慵懶的旅人還可以選擇緊鄰美術館的飯店：蓼科藝術田園大酒店（Art Land Hotel Tateshina），她和美術館、雕刻之森與蓼科湖連成一片，公車站牌就在飯店門口，這家飯店的客人大多是日本熟女貴婦，大廳布置宛如一座美術館，餐點走的是法式路線，有點昂貴，想要在這裡用餐的朋友就請自行斟酌一下。

實用資訊

前往瑪麗・羅蘭珊美術館的交通方式：
由新宿搭JR中央東線到JR「茅野站」西口下車後，轉搭「ピラタスロープウェイ（Pilatus Ropeway）行」巴士，約30分鐘到達瑪麗・羅蘭珊美術館。

瑪麗・羅蘭珊美術館
茅野市北山4035 蓼科高原
http://greencab.co.jp/laurencin/

06

福井縣立恐龍博物館

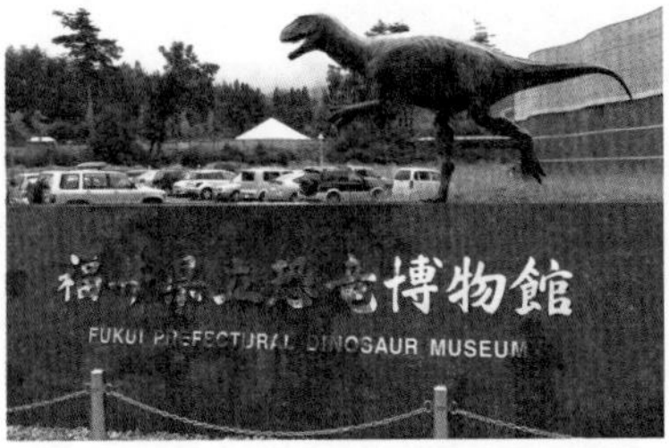

人生到底可不可以重來呢？為人父的我滿足地回答：「可以的！」也有人說人生之所以可貴，在於它的不可逆性，我說：「非也！」人生絕對可以倒帶，只是角色換成自己兒子。我一路陪伴兩個兒子從嬰兒到青少年，透過兒子讓自己再過一回童年，彷彿自己的童年與少年時光又重生了一次，特別是兩代時光之間所擁有的共同歡樂元素，品味起來格外甜蜜。

《哆啦A夢》（三十年前叫做小叮噹）就是我們父子兩代的共同歡樂元素。《哆啦A夢》卡通片中最有名的是「大雄的恐龍」，片中講的是從日本出土的雙葉鈴木龍與大雄、哆啦A夢之間的奇遇故事，很巧的是，三十年前還是小學生的我，以及三十年後我的兒子，不同的時空卻不約而同地迷上這齣卡通。

片中所提到的「雙葉鈴木龍」化石，就是在福井恐龍博物館附近的山區被挖掘到的，「福井縣立恐龍博物館」是座專門收集恐龍化石標本的博物館，也是專門研究恐龍化石的國際性研究機構之一。博物館內展示著從一九八二年起陸續在日本北陸地區出土的雙葉鈴木龍化石，這些化石經過專家們研究、挖掘，並將它復原成形再展示出來，讓大家可以看到這種恐龍的原始形象。要完成恐龍化石的復原，可是件十分不容易的工作，專家們除了必須對現存生物有充分了解之外，在挖掘化石的時候，也要仔細觀察化石的狀況，還得加上豐富的想像力，以及藝術家的表現手法，才能將恐龍的骨架復原。

福井恐龍博物館是日本已故建築大師黑川紀章在二〇〇〇年打造的作品，外型仿若一顆遺落在半山腰的恐龍蛋，銀色前衛的圓形建築搭配素樸的清水

模，讓人流連、穿梭在過去與未來的時空中。

在博物館中雖然可以看到莊嚴與宏偉，但是它的輪廓反襯著恐龍滅絕的傾頹與爬蟲時代的破滅，讓我想到似乎已經進入後恐龍時代的台灣金融產業，這些大型金控業還沒體會自己毫無節制追求規模與成長，就如同恐龍大肆掠奪生物鏈的其他生物，只要面臨與史前太空隕石一樣的災難，恐怕就會讓一家家銀行紛紛倒閉，走向大滅絕。二〇〇八年歐美金融巨人們慘遭次級房貸這顆隕石的殞落，而差點完全滅絕，說不定只是一個警訊的開端而已。

博物館內一共三層樓，除了恐龍骨骼化石的重建之外，還有動畫放映室、恐龍研究資料與大大小小數十隻等比例恐龍模型、恐龍親子公園……等等，比起台灣台中科博館的恐龍館，福井恐龍博物館占地至少大了數十倍，化石原型或模型也多出數十倍，如果讀者有恐龍迷的小孩，這座博物館可以讓親子一起拾回童年所追逐的共同驚奇。我不懂這座博物館的建築美學或結構符號，我只記得一家人那天午後的歡樂。把事物簡單化，我們的心才能活得寬廣，放得越空則更有視野。一個人的心靈有太多負擔的時候，其實什麼也體會不到，逛博物館其實無須裝模作樣，親子同樂讓兒子帶領自己倒帶回到童年，無價！

恐龍，不只是恐龍！

實用資訊

前往恐龍博物館的交通方式：
在JR福井站換越前鐵道勝山永平寺線（約1小時）在「勝山站」下車，然後轉乘地方公車在「博物館前着」站下車即可抵達（約15分）。

福井縣立恐龍博物館
福井県勝山市村岡町寺尾51-11
http://www.dinosaur.pref.fukui.jp/

07

豬熊弦一郎美術館

多數人追求的是娛樂而非快樂，娛樂是感官的、口腹的與聲光的，追求娛樂的後果是增加了疲勞，而且娛樂型的旅行不過是短暫地把壓力「壓抑」下去。我的快樂是來自於心靈的滿足，在旅行中我追求「無所事事之鬆散」。每個人追求平衡與寧靜的方式不一樣，即便是旅行，有人喜歡去印度參加靈修，有人喜歡在東京築地品嘗海鮮美食，有人喜歡到法國小酒莊去追尋微醺，也有人喜歡在神社聽聽鍾聲或到廟宇感受繚繞檀香，我則喜歡帶著家人到人煙稀少的地方。

當然人煙稀少指的不是那種山顛水尾或地球的荒野角落，成熟且具責任感的爸爸不應該帶小孩到那種會有治安、飲食甚至動亂等風險的國家，疼愛老婆的男人更不該帶著老婆去落後國家度那種不優質的假期，日本四國的「豬熊弦一郎現代美術館」正是一個無須冒險、人煙稀少卻又可以追尋建築與藝術之美的私房景點。

會來到這座美術館的目的是「時間太多」，在四國短期旅行告一段落後，跳上火車打算一路直奔大阪，相隔四國與日本本島之間是瀨戶內海，車子還沒到瀨戶內海之前忽然閃過一個念頭，如果搭著火車望著瀨戶內海的日落，不知是何種光景。我曾在海邊看過夕陽（香港維多利亞港、日本明石大橋、淡水漁人碼頭、沙巴的東姑阿都拉曼公園……），也曾在高樓賞玩落日，還曾在高山頂端遠眺夕陽，但是就是不曾有坐在跨海大橋上的火車內遠眺夕陽的經驗。於是為了等待落日，我頓時多了三個多小時的空檔，當火車抵達瀨戶大橋的前一站，我下了車，那一站叫做龜井，聽起來有點遜掉了，她沒有那種幸福滿滿的地名，我總不能寫出「下一站，龜井」般媚俗、卻又惹人共鳴的文字。

內海夕陽的前一站叫做龜井。車站不算小，絕非那種鄉下木造小站，但是車站外的恬靜絕對可以比擬鄉村，大城的街廓建築搭配小村的靜謐。出了車站的右前方一百公尺便矗立了一棟很難形容外貌或美醜與否的怪奇建築——「豬熊弦一郎現代美術館」，落成日期是一九九一年，設計者為谷口吉生建築師。值得一提的是，谷口吉生的生日是十月十七日，衝著與我同一天生日的份上，就更值得我親赴美術館去看一看，這位與我同一天出生的創作者的想法。

日本近年來新建許多「現代」美術館，數量之多與密度之高，幾乎已經到一村或一町就有一座美術館（或文學館、博物館與紀念館），而建築手法的創新與工法的創意往往帶給旅人驚喜連連。這座美術館遠觀像是一只「箱子」，具有相當洗練的正方型切割風格，在火車站門口便會被她的「ＢＯＸ」造型吸引。豬熊弦一郎現代美術館大門口的四層樓高外牆，竟然畫上兒童的塗鴉畫，上頭有馬、汽車與直升機等兒童喜歡的元素，門口廣場陳設著一隻金屬刺蝟，以及幾座怪模怪狀的金屬裝置。很少美術館具有這樣的門面，尋常美術館的外觀總是過於莊嚴，不然就是過於抽象，莊嚴與抽象都很難吸引兒童的興趣，但這座美術館至少對小孩的吸睛度來說，無疑地，成功辦到了。

因為，我認為一座美術館能否偉大在於「兒童的親近度」！

我是在二〇一〇年七月造訪這座美術館，同一個時間，上海世博會也正在舉行，兩者相較的話，或許在強調「大」、「富」、「強」方面，上海世博絕對比日本這種小鎮的美術館來得豐盛；只不過，我不愛那種擁擠、喧嘩與熱鬧，欣賞藝術對我而言是種「無所事事之鬆散」和「作品與心靈的對話」的過程，小巧的低知名度美術館對我這種藝術門外漢而言，反而能達到旅行的效果。

已故的美術館主人豬熊弦一郎（一九〇二～一九九二）是位印象派畫家，他一生的畫作都收藏在這座以其姓名命名的美術館中。他的作品有風景畫、人物畫，大多數是屬於純粹的印象派畫作，用色十分鮮豔大膽。有人說他的畫作接近童畫，這也難怪，他的美術館外觀與門口的廣場，展現出一付想要吸引小孩子前來一窺究竟的企圖。坦白說，我看不懂他的畫，但是看不懂印象派畫作也不是件丟臉的事情，有時候，人真的很會自尋苦惱，譬如魔術，明明魔術擺明了就是一種騙術，人們卻想盡辦法要找尋出障眼處的破綻；然而，新聞明明就該反應現實，人們卻大方原諒新聞中的騙術。一個股市投資人會窮盡心力尋找那些自己完全搞不懂的股票明牌，一樣都是不懂，卻不願意花個幾百塊錢去看那些印象派畫作。

這座美術館有兩個比較特別的地方，一是她允許觀賞者在館內拍照，這對於酷愛攝影者確實是一大福音，二是館內除了展出豬熊弦一郎生前的作品之外，還會不定期展出一些前衛且實驗性質的裝置或影像藝術，讓人感受到傳統以外的另類日本。在用色簡單的幾何美感線條下，每個角落雖然空間不大，卻處處充滿驚喜，外行的我隱約可以感覺到那些展出的年輕前衛藝術工作者的穿透力，如此偏遠小鎮的美術館所給的共鳴可一點都不輸給大規模的博覽會呢。

要離去前，我為了補捉在美術館門口嬉戲的一個日本家族的影像，從金屬

刺蝟上摔了一跤，館方的服務人員很惶恐地攙扶我到館內的醫務室去擦藥，看到他們一副自責的模樣，並用很蹩腳的英文請求我的諒解，並對他們設備的安全性感到抱歉，這不禁讓我感受到大和民族那種「反求諸已」的嚴謹個性。

離去後跳上開往瀨戶大橋的列車，看著太陽緩緩地被瀨戶內海吞噬與溶解，頭痛似乎也不見了，畢竟……

在人生意外的路途上摔了一跤，是無關緊要的。

實用資訊

前往豬熊弦一郎現代美術館的交通方式：
從岡山搭JR瀨戶內海線往高知方向，在龜井站下車，走出車站往右前方走一百步就到了，真的走一百步，如果你的身高是300公分的話。

豬熊弦一郎現代美術館
香川県丸亀市浜町 80-1
http://www.mimoca.org/

08

姬路文學館

姬路，再也找不出比她更美麗的日本地名了，寂寞的旅人不適合單獨來這裡旅行，因為我總覺得「姬路」這兩個字會讓旅人想起了家。可惜的是，第一次拜訪姬路正是單獨旅行，那是我結婚後第一次獨自旅行，短暫的姬路之旅，回到家告訴老婆說：「老婆是娶來相處的，不是娶來思念的！」

建於一三三三年的姬路城，一九三一年被指定為日本國寶，與熊本城、名古屋城並列為日本三大名城。一九九三年聯合國教科文組織評選為世界文化遺產，也是日本第一個榮獲世界遺產的地方。

姬路城旁邊幽靜巷弄內有座名建築師安藤忠雄設計的「姬路文學館」，與直島、淡路島上安藤大師作品不一樣的是，姬路文學館位於傳統住宅區內，所以可以讓安藤忠雄揮灑的空間比較局限，還沒造訪前，心中總是嘀咕著，一座清水混凝土的建築物聳立在日本傳統鄉鎮木造住宅群中，會不會像頭怪獸般地與鄰居格格不入？

當姬路文學館出現在我眼簾後，這些顧慮顯然是多餘了。姬路文學館順其自然出現在尋常街坊，沒有醒目誇張的招牌，四周也沒有大馬路，只有一條條連兩部汽車都難以會車的小巷道，自然也就不會有煞風景的旅行進香團遊覽車開進來。所以，想要一親文學館的芳澤，就得花點時間走進來。

我承認自己是個四十多歲大男人追星族，我迷日本的三大偶像，除了安藤忠雄之外，其他兩位是山口百惠和村上春樹。安藤是位自學自修的亞洲建築與藝術天才，我醉心於他作品中的線條、光影、水路與幾何式廊道，他不貼瓷磚、不施木作與不上漆的那股自信精神，是我多年來追求的目標。每當自己缺

乏自信時，就會走進安藤或其他建築師的作品中，探索其中的靈魂，這已經是我近年來最愛的旅遊新模式。

建築體分為南館與山坡的本館，南館由兩棟挖空的天井而交叉相連的建築體構成，館內則是被書架所堆砌出來的書牆所包覆。南館四周都是水池，水池的水是由本館山坡緩緩溢流而下，好像一條河流不急不徐地流著，藉著水流，連接了本館與南館，遊客可以沿著階梯式的水道坡前往本館，坡道的盡頭有座由樓梯延伸出去的天橋瞭望台，這類型的天橋瞭望台也出現在淡路島夢舞台、兵庫縣立美術館內，讓參觀者可以在導覽的盡頭，回頭眺望來時路，從來時與回程的不同角度重新檢視建築。

安藤忠雄設計的步道多半是迴旋式，有上坡路也有下坡路，即便是狹窄的基地，也堅持不讓訪者原路折返，多次走在這樣的迴廊中讓我想起了人生的上坡路與下坡路。人生的下坡路從來不會是原路往返，然而卻很少人願意面對並好好學習，如何走完人生的下坡路，彷彿到了下坡路就是璀璨人生的終點，再也不願意把剩下的路，精采地走完。在一次又一次體驗這些冰冷外表的建築時，我一再地經過建築的觀察，發現原來下坡路也可以走得這麼有趣啊！

文學館周遭沒有四線道的馬路，沒有顯著的招牌，安藤大師認為一座文學館只留給願意花時間走進來的人，而不是那些呼嘯來去的遊覽車旅客，文學館館內是光的捕捉，館外是水的行路，讓館內的藏書與書架上灑進天光，讓書本受到光之洗禮。

姬路文學館的收藏、研究、展示，是為了紀念幾位在姬路地區出身的文

人與哲學家，包括了和辻哲郎（一八八九～一九六〇，哲學、倫理學家）、椎名麟三（一九一一～一九七三，作家）、三上參次（一八六五～一九三九，歷史學者）、井上通泰（一八六六～一九四一，詩歌作家）、有本芳水（一八八六～一九七六，詩人）、阿部知二（一九〇三～一九七三，作家），岸上大作（一九三九～一九六〇，詩歌作家）等人。姬路文學館位於姬路城西方，坐落在傳統和現代住宅並置的社區山坡上。於一九九一年姬路市一百週年紀念時開館，一九九六年南館開館，並設有司馬遼太郎紀念室，南北兩館以層層水道、斜坡相連。

回程可以順遊姬路城後，步行到姬路車站，姬路兩旁種植著整排的銀杏，體會一下日本小型城市的街廓，和台灣的小型城市相較，除了那股恬靜秩序外，也比咱們乾淨許多，柏油路相當平整，台灣加油！

我總共看過姬路城、松本城、會津若松城、大阪城、名古屋城、上山城、熊本城、仙台青葉城、岡山城、彥根城、小田原城、江戶城等十餘座日本古城，姬路城應該是首選，也就是如果旅人只能選擇其中之一做古城遊覽，姬路城當然是不二之選。姬路城被稱為「日本第一名城」的理由，不僅因為它是日本現存最大的城廓建築，而且還因為它兼具有建築物之「美」，與平定天下的德川幕府的堅固要塞之「用」，這兩個方面，原來有政治宣導作用呢。

玩過「戰國無雙」遊戲的玩家都知道，姬路城是個易守難攻的關卡，除了城廓已經蓋在高地以外，它的樓高至少有六、七層，去過姬路城，才知「城府很深」怎麼寫。穿梭在城寨樓高六層的天守閣，一級一級一關一關的狹道、矮

門、高牆、箭門、炮台，步步藏著殺機，城裡城外的設計根本就是要蓄意擾亂那些不速之客。光是要到達姬路城主體建築之前，就得先走進彎彎曲曲如同迷宮的坂道，若你是城主的敵人，恐怕在這些坂道就會中了好幾道埋伏；不過話說回來，當人爬到最頂樓時不免要同情起從前的城主，他絕對是全世界最沒安全感的人，不然怎麼會把他的家裝潢成這副德性。一趟姬路城「走馬看花」至少要兩個小時，如果想要慢慢走、慢慢品味那位七百年前活在恐懼中的城主生活，時間的安排就得自行細細費心思量一番。

實用資訊

前往姬路文學館的交通方式：
由JR山陽電鐵「山陽姬路站」或山陽新幹線「姬路站」，轉搭神姬巴士，約7分鐘到「市之橋‧文學館」下車，步行約3分鐘即達。
或者你也可以在姬路城下車，先參訪過姬路城後再步行10分鐘到姬路文學館。怕迷路的人可以在姬路車站索取觀光地圖，站牌與公車上都會標明「姬路城」，日本的市區巴士無須事先買票，上車時抽張整理券下車前再依據整理券上的號碼付錢就可以。

姬路文學館
姬路市山野井町84番地
http://www.city.himeji.lg.jp/bungaku/

09
光之教堂

自從迷上東洋建築這種旅行型態後，細細回味近年來佇足過的大小建築，有氣宇非凡、有小家碧玉、有的座落在繁華市井、有的隱身在小鎮靜巷中，當然也有藏身在世外桃源處。

這一切旅行喜悅的源頭來自於對大師的仰望，這大師當然不是那些股票投資大師，而是安藤忠雄這位日本建築師。二〇〇四年我碰巧旁聽了安藤大師在台灣的公開演講；同年冬天到京都又不經意在高瀨川邊的「time」餐廳喝茶；二〇〇六年在東京偶遇表參道Hills大樓開幕；二〇〇七年在完全沒有事先規畫下住進了北海道「水之教堂」，從此之後，我開始在一趟趟的旅程中加入建築與藝術的元素，不論是建築主體或其中的收藏品。幾年下來，我的人生確實被點綴得更豐富，雖然談不上提升自己多少美學水準，不過精神上感官享樂的收穫，多少幫助自己在煩躁事物中懂得如何自我沉澱。

不論對安藤忠雄的粉絲或建築設計業者而言，「光之教堂」都是不容忽視的作品。光之教堂位於大阪府與京都府之間的茨木市，搭乘ＪＲ京都線在茨木站下車，因此地離車站有點距離（大概四公里），公車也不是相當便利，加上沿途都是相當無趣的住宅區，所以建議不要用步行的方式，請直接在車站門口搭乘計程車。光之教堂或許早已紅遍亞洲的建築迷，不過對當地的居民與計程車司機來說，可不一定那麼熟悉，所以跳上計程車後乾脆把光之教堂的地址與全名告訴司機：「北春日丘四丁目三番五十号、茨木春日丘教會。」

來到這裡就別在乎計程車資了，欣賞光之教堂是無價的。

拜訪光之教堂要採取事先預約的方式，可以寫英文e-mail去預約，相關資訊請上網查詢。

光之教堂的外觀毫不起眼，這種不起眼反而讓已經習慣安藤大開大闔作品（如淡路夢舞台、兵庫美術館、直島與東京中城21×21美術館）的我嚇了一大跳！一走進教堂，立即會被從鏤空十字架灑進來的十字型光影震懾，原來所謂的「光」，並非凡夫俗子如我所想像的「燈光」，而是「天光」。大師的作品取材自大自然，連這座基地如此狹小、外在條件付之闕如的教堂，都可以把自然素材融進創意，無形中將宗教的肅穆感填滿整座小巧的教堂。安藤忠雄用光虛擬出十字架，不到現場真的體會不出那種強烈的感受，精進的美學是一個國家進步的象徵，而不只是GDP的成長率與股價創新高與否。

從光之教堂看到了一座基地面積狹窄、設計空間受限、外在環境失調甚至起造經費不足的一棟建築物，經由「創意」與「巧思」而逆轉成偉大的作品，同時對比那些動輒花費數十億錢財堆積而成的俗豔豪宅與別墅，到底哪一條才是適合台灣的長路呢？

老一輩說，富三代才懂吃穿，那麼，恐怕要富四代才會懂得美學吧！此刻，這句話又在心中迴響了起來！

實用資訊

前往光之教堂的交通方式：
從JR西日本東海道本線茨木站，搭乘往春日丘公園的近鐵巴士約10分鐘後，在「春日丘公園」站下車走1分鐘 。
從大阪高速鐵路（大阪單軌鐵路）國際文化公園都市線（彩都線）阪大醫院前站徒步約12分鐘。

光之教堂
大阪府茨木市北春日丘4丁目3番50号
http://www.asahi-net.or.jp/~nv3n-krkm/access.html

10

地中美術館

當我踏上直島的那一剎那間，「後悔」立刻浮上心頭，我告訴同遊的夥伴：「為什麼我們只安排一天在直島！」，好比經常賠錢賠到膽顫心驚的散戶有一天竟然買到連續十根漲停板飆股的那種狂喜，以及「為什麼買那麼少」的懊惱。

日本會讓我一直懷著想要再度拜訪的地方除了東京、京都與日光以外，大概就非瀨戶內海的直島莫屬了，我用一句簡單的話形容直島：「日本國土內的奇想世界。」這座島吸引人的不單單只是直島貝尼斯美術館旅店與地中美術館這兩座大師級的建築作品，還有這座彷如置身在希臘愛琴海畔的小島，她所呈現的生活態度以及與天地人融合的氣氛。

直島上頭有兩座建築師安藤忠雄設計的美術館：直島貝尼斯與地中。

對我而言，直島似乎是救贖的聖地，幾年下來一共去了三次，三度融入建築大師的世界，頭兩次只是肆意咀嚼建築內涵與其哲學意義，在第三次拜訪安藤的建築世界後，我赫然發現在冰冷的建築中，最有趣的反而是「陪太太吹吹海風」、「與兒子玩躲迷藏」，逛美術館在意的是一家人滿滿的記憶，似乎灌進結構的不再是清水混凝土而是親情。

走進建築大師的作品中無須裝模作樣賣弄學識，透過與建物作品或收藏品的凝視，你看到什麼就是什麼，你從中得到哪些累積就是哪些累積，藝術沒有標準答案，也不該有標準答案，一如投資領域，別用一加一到底等不等於二的狹隘觀點來計算主觀的思索。

安藤早年曾經到歐洲遊歷，到了科比意大師的廊香教堂（一九五〇～

一九五五），看到教堂的設計竟然可以脫離宗教建築的制式，同時在有限的財務限制之下，科比意以單純光線塑造宗教的精神與教堂空間，並透過光來呈現宗教意涵。這種衝擊帶給安藤的影響，連我這個建築大外行都可以一眼看透，我站在光影交錯的美術館中，驚覺金融市場的「光」之元素不正是「資金」嗎？

光影的灑進與淡出，資金的流竄與鬆緊，前者造就了偉大與黯然的兩種極端建築，而後者有如光之朝夕、四季之交替產生了多與空的循環。我身處台灣的投資市場，不想也無法遠離最愛的島國，多空變化好像光影交替，天光從不同角度潑灑進來，造就出不同的亮影遊戲，資金的來去也有如潮汐，資金潮來臨時記得踏上浪頭，資金退潮之際請務必遠離海濱，以免讓退潮給席捲遭到不測。

別以為看了直島貝尼斯旅店就算看過直島的安藤風，比起地中美術館，其他建築物只不過是向商業妥協過的設計罷了，來到地中美術館彷彿掉進異次元的世界，所有工作人員一律著白色外袍、白襯衫、白褲子、白襪子、白鞋與白手錶，從地中美術館的售票接待處到入口，安藤又要你走上一百公尺的上坡路，不過這次他體貼地在路旁挖了一座蓮花小池，為館內擺設的莫內「睡蓮系列」作品做一個導覽式的鋪陳。

直島美術館內雖然規定不能拍照，但美術館與部分旅館、餐廳是相連的，對於拍照這檔事就似乎睜一隻眼閉一隻眼，讓我這位不守規矩的遊客肆意拍照；但是地中美術館對於遊客拍照一事把關甚嚴，我只能用高畫素手機在裡面

趁四下沒人偷照了幾張，而且每個地中美術館的展示廳幾乎都有服務人員導覽，想要學八卦雜誌的狗仔偷拍，恐怕不是件容易的事，有趣的是，我看到一些年輕人拿著筆紙，一筆一筆地將他們的感受畫出來。

最讓人震撼的是「光的空間」，它是一個用螢光與特殊光源所構成七、八坪大的幾何空間，整面牆壁都反射著螢光，地板有著大約二十度的坡度，地面不是水平的，當我進去光室往壁面爬行時，浮現一股很強的壓迫感，安藤運用密室、二十度不易站立的斜面與極暗之中的對比炫耀螢光牆壁，營造出一股從未曾體驗的空間與光的感覺。那一瞬間，安藤忠雄再度挑戰我們的眼球，用整體不協調的立體來顛覆對空間的制式思考，難怪在「光之空間」的入口處，解說服務人員限定每人觀賞的時間，我想，一個正常人應該無法在裡頭待太久吧。

我們內心到底有多少空間是自己不敢碰觸的？不敢面對景氣衰退，不想面對股票套牢，不願擺脫無益與爛尾的愛情，不能面對深層的自己。凝視「光之空間」會迫使你勇敢地去面對自己。

地中美術館還陳列了一顆高度超過兩公尺的大理石圓形石球，更有趣的是圓形球體的下端沒有擺設任何底座，就像是外星巨人玩的一顆大理石材質之玻璃珠，玩膩了就丟棄到直島的地中美術館一樣。更令我心驚膽顫的是，這顆球還擺在高處，你可以爬著樓梯躡著腳步去接近它，但當你走進這個大理石球展覽館時，好像有種隨時會滾下來造成災害的壓迫感，導覽人員還會要求參觀者卸下背包或身上的重物，一副十分擔心你的重量會影響建築者巧妙的力學平衡

的緊張模樣。

一趟地中美術館的參觀，完全顛覆掉自己從前對「光影」與「空間」的一些陳舊印象，一點光源的改變與地板坡度的傾斜，就讓一個小空間成為彷彿人間異境，我一向自詡是個想像力豐富的投資人與旅人，來到這裡之後，也必須重新面對與好好整理自己了。

在直島遊歷散策，讓我忘記身處於哪個國家，讓我忘掉來這裡的目的；不斷的驚喜讓旅人更想不停往前走，不斷地在下一個轉彎處，瞥見讓人拍案叫絕的新鮮事情，從來沒有正常人會想要在海邊擺一個金屬南瓜，除了那位詭異的藝術家草間彌生之外。

直島的海濱除了沙灘、石頭、植被以外，還有一顆金屬南瓜、一隻大鐵殼瓢蟲、幾張與沙灘完全不搭調的前衛造型金屬椅子、幾片好像海難後漂流上岸的船隻甲板遺骸，難怪直島被形容成「烏托邦」，我這一趟「天還沒亮就出發」的直島旅程，至今仍然在腦海神遊中，老是回不了家。

實用資訊

前往地中美術館的交通方式：
搭乘前往高松站方向的巴士，於全日空大酒店Clement高松下車，然後在渡輪碼頭換乘四國汽船，約50分鐘後到達直島；或是在JR山陽新幹線岡山站巴士總站乘8號巴士前往宇野港，再從宇野港乘渡輪20分鐘即達。

地中美術館
香川県香川郡直島町直島町3449-1
http://www.benesse-artsite.jp/chichu/

十一　源氏物語博物館

如果你問我最日本的日本是哪裡？是京都！京都中最京都的地方是哪裡？我認為是宇治！

到了京都，行程再怎麼趕，至少得排出四個小時給宇治，為何我如此推崇宇治？因為一如關東的日光，唯有宇治才可以讓你一口氣找齊京都的元素，宇治有世界遺產、有文學、有甜點茶道、有山有水有銀杏、綠葉與楓樹。而宇治的人潮卻不到京都熱門景點的十分之一，在秋天旺季，宇治還是個可以避開人群喧嘩的淨土。

來宇治之前得先了解傳頌千年的日本宮廷小說《源氏物語》，《源氏物語》全本共五十四帖（章回的意思），最後十帖的故事場景圍繞在宇治，從此有宇治十帖的雅稱，故事中最癡癲愛戀的部分圍繞著宇治這個小城，主角光源氏之妻與人私通生下宇治十帖的男主角「薰」，故事重心就放在「薰」與三名美麗女子在宇治發生的淒美愛情，光源氏的外孫香親王則為另一個男主角。

薰和香親王分別愛上宇治八親王（源氏的異母弟）的兩個女兒——大君和中君，香親王在薰的幫助之下順利和中君結縭，但薰卻因大君病逝，二人始終不能結合，因而鬱鬱寡歡。後來薰聽聞八親王另有一私生女浮舟，相貌酷似大君，便將浮舟金屋藏嬌在宇治。此事給喜歡和薰競爭的香親王知道，便前去宇治勾引浮舟。浮舟夾在薰和香親王之間不知如何取捨，不得已之下只好跳進宇治川自盡，但卻被人救起，因為大難不死，她決定此生不再和男性有任何瓜葛，最後出家為尼，了斷塵緣。

宇治川到宇治上神社的上坡路上，有間販賣宇治金時的茶屋，宇治和金時

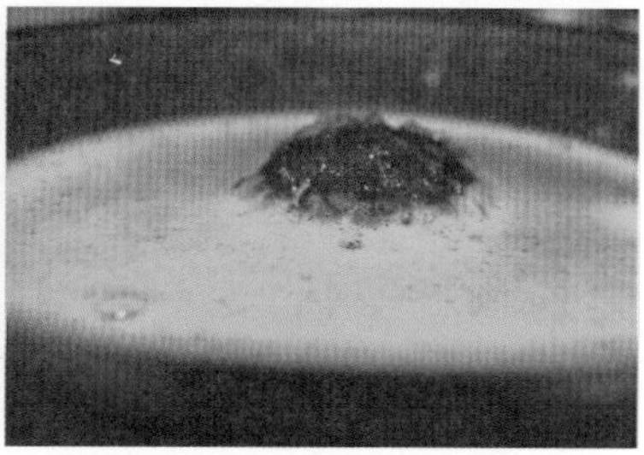

分別是指抹茶和紅豆；宇治是日本很有名的茶葉產地，在關西地區（甚至全日本）可說是無人不知無人不曉，每年日本全國初春新茶的評選就選在宇治舉辦，不管是自產茶，還是評選出的茶，只要貼上「宇治茶」字樣，就是品質的保證，所以宇治代表抹茶是無庸置疑的。而金時的說法有兩種，一是現在所用的紅豆，其古名是「金時豆」；另一種說法，則是說加入砂糖煮過的紅豆，就好像「金太郎」（坂田金時）的臉一般紅。

宇治金時最道地的吃法是加顆湯圓，而更內行的吃法是冷熱各吃一碗，宇治金時可以製成刨冰當然也能熬煮成熱甜湯，相信我，無論如何請多準備一個胃來裝宇治的甜點。

宇治綠茶的煎茶過程必須用攝氏七十度左右的熱水來沖，而且只須沖泡個三、五秒。許多人用咱們台灣烏龍茶的九十度高溫久悶法去沖泡抹茶，這完全是不對的，保證會苦到讓人難以吞嚥！

喜歡《源氏物語》的讀者，不可錯過全日本獨一無二的「源氏物語博物館」，別以為沒看過《源氏物語》又不懂日文到這座博物館就沒搞頭，博物館內還有附中文導讀耳機的「源氏物語動畫片」，短短十分鐘的動畫可以很快帶人進入那股濃郁化不開的和風文學世界。最讓我愛不釋手的是博物館內用《源氏物語》中人物命名的咖啡杯、杯墊、書套與帆布包等商品。我很難想像中國蘇州或北京如果打造了紅樓夢紀念館，然後賣起賈寶玉娃娃、林黛玉面膜、紅樓夢線上遊戲等，不知是怎麼一個光景！中日兩大文學巨著，就商業行銷來說，日本人贏了一場。

源氏物語博物館位於宇治上神社旁，是日本唯一與《源氏物語》相關的博物館。館內分為五個展館，分別為「平安廳」、「棧橋」、「宇治廳」、「影像展示廳」，以及「故事廳」，用模型場景、電影、資料板等介紹《源氏物語》。曲線屋簷、迴廊設計，以水環擁相隔的源氏物語博物館，是一座以寢殿為原型打造，並以大片落地窗的外牆來引領遊客進入千年之前的愛恨情仇，打算進入《源氏物語》的文學世界，可以從這個博物館開始。

《源氏物語》建立的世界觀就是「踰越」兩字，「踰越」就是不斷向社會禁忌與尺度挑戰，或許內容過於耽於情慾愛恨，但是這種「踰越」的行為本來就是時代進步的驅動力，更是世代交替的人心原始密碼。從《源氏物語》以降，對禁忌的衝撞與書寫一躍成為日本文學的顯學，也正是這種勇於窺刺人們私密的空間，才造就近代日本對於西化的大膽開放吧！

遊宇治有感作一首詞：

「世間畸戀盡是千影聚散的激情，酒一盅，不堪一醉解萬愁；
夢幻中抹去哀愁，是柔情是迷惘，怎知醒來之宿醉苦；
人生不過漲跌瞬間，千載百年。雲歸天際，月隱林梢。
只是不知風往哪裡吹？是歸來，還是離去？
是宇治的散落抑或是金時的鄉愁？」

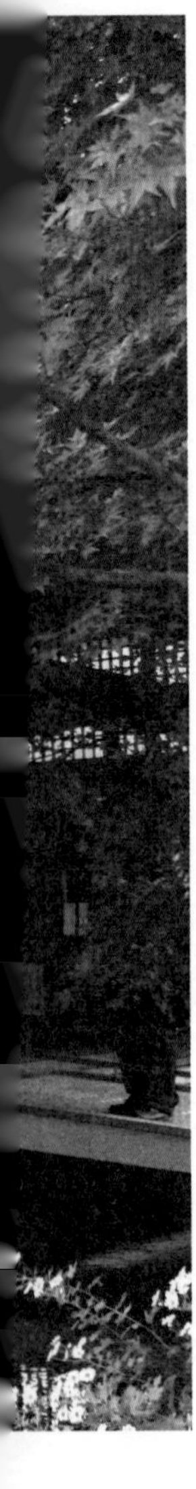

旅途中，最難能可貴的是「必然」的行程中經常混雜著「偶然」所碰撞出的火花，人生百事當中，就屬旅行這檔事情最容易讓必然碰撞偶然，譬如身兼日本迷與文學迷的旅行者必然會遊蕩到宇治，只是偶然因為宇治金時所激起的渴望，往往更令人想要一探究竟，嚴肅的必然性和欲望的偶然性，在宇治，卻一點都不會相衝突。

實用資訊

前往源氏物語博物館的交通方式：
搭乘京阪鐵路宇治線到宇治站下車，步行約8分鐘；或搭JR奈良線至宇治站下車，步行約15分鐘。

源氏物語博物館
宇治市宇治東內45-26
http://www.uji-genji.jp/

12

鹿兒島近代文學館

我到鹿兒島旅遊的目的不是為了篤姬，也不是黑豬肉，更不是沙浴，而是已故女作家向田邦子。我參訪鹿兒島近代文學館的目的不是為了哪位建築大師，也不是建築物本身有什麼了不起的設計概念，更不是館內典藏了什麼曠世藝術作品，而是向田邦子。

就讀高中的兒子告訴我他打算考日文系，我聽到他的決定後就如一般的父親，擔心起所謂的前途規畫之類的俗務，但冷靜一想，當年的我還不是從所謂的丙組（醫學系）轉考乙丁組（法商學系）呢！至今我還不是活得好好的；於是我給兒子的第一個功課就是，哪一位日本作家與台灣的淵源最深？以及她的作品讀後感？

三天後，他告訴我答案：向田邦子（還好不是飯島愛）。

一九八一年八月二十二日，編號B－二六〇三波音七三七型的遠航客機，於台北飛往高雄途中空中解體，墜毀在苗栗三義，機內上百名乘客全數罹難，其中包括一名日籍女性作家向田邦子。無可諱言地，此一不幸的空難事件，讓台灣成為向田邦子讀者的傷心地，至今仍難以從某些日本人的記憶中抹滅。然而，這場空難卻也意外地讓許多台灣民眾開始注意到，這位曾活躍於日本廣播界及電視界的著名劇本作家及文壇女作家，進而成為她的忠實讀者。

我兒子說了這麼一段故事，台灣對於向田邦子就如同泰國清邁對於鄧麗君一樣，她們都因為命運而在異鄉結束了生命旅程，對於向田邦子而言，台灣是她的另一個故鄉。

比較讓人好奇的是，向田邦子為何多次單獨來台灣旅行？她多次來台灣有

沒有文學創作的取材目的？她的作品當中為何完全沒有提到多次造訪台灣，特別是高雄的目的呢？在她的《向田邦子的情書》一書中提到的那位男人N，莫非是她的台灣情郎呢？如果她能夠逃過空難，她的文字中會不會融入台灣的元素呢？

我問起兒子：「如何才能解答這些問題？」

他狡猾地回答：「可以到鹿兒島近代文學館去找解答。」

原本因為他的考試成績不優而打算取消的旅行，就為了「學習」這個至高無上的理由而恢復了。

向田邦子不幸罹難後，她的家屬將其部分生前衣物、手稿與照片等遺品，捐給鹿兒島近代文學館，館內為此設置了介紹「向田邦子」與陳列遺物的專區。向田邦子的文字，多數是家庭的小故事，每一篇文章都讓人感受到家庭的溫暖，她與父親、母親和兄弟姊姊們的相處回憶，文字樸實沒有華麗的辭藻，卻能在一篇篇的短文中，感受到滿滿且割捨不下的親情之愛。「家庭」可以說是向田邦子最原初的寫作意識，也是她的作品至今仍然令人感動的緣故。

鹿兒島近代文學館是棟不起眼的建築物，沒有建築大師的光環，也沒有了不起的光影迴廊等前衛布景，文學館內還有一個兒童館，所以館內少了一般文學館獨有的肅靜，卻多了兒童的歡笑聲，年輕父母攜著幼童的景象是這座文學館最優美的陳設，親子是館內的核心元素，與向田邦子作品中最常見的親情互相搭配，可說是一座「由歡笑聲堆砌的文學館」。

我喜歡她的說法：「歸途可說是旅行的找零，就像所剩無幾的零錢依依不拴般地在口袋裡叮噹作響，『唉，結束了！』，我帶著輕微的疲倦、感傷，還有回歸繁雜日常的鬱悶心情踏上歸途。」回程在鹿兒島最熱鬧的朝日通商店街吃到向田邦子最愛吃的海苔壽司卷，她在著作中談到特別愛吃壽司卷的末梢與尾端，其實食量大的我們父子三人吃著當場烤熱的海苔所捲出的壽司，完全不去在乎倒底哪一端比較好吃，反正，烤到燙手的海苔卷，就已經比一般的冰冷壽司卷好吃百倍了喔！

文學是一趟旅行中優美的觸媒，親情則是旅行中最棒的元素。在鹿兒島近代文學館中讀到向田邦子所寫的一段話：

「世上有一種愛，它不用宣諸於口，收到的人也能明白。」

我想我不應該用世俗的標準去干涉兒子選填他的志願吧！

實用資訊

前往鹿兒島近代文學館的交通方式：搭市電（路面電車）在朝日通站下車、或搭乘機場巴士在「金生町」站下車，徒步7分鐘即達。或從JR鹿兒島中央站，轉搭シティビュー（City View）鹿兒島市內定時觀光巴士在「西鄉銅像前」下車，步行3分鐘。

鹿兒島近代文學館

鹿児島市城山町5番1号

http://www.kinmeru.or.jp/

13 松本清張紀念館

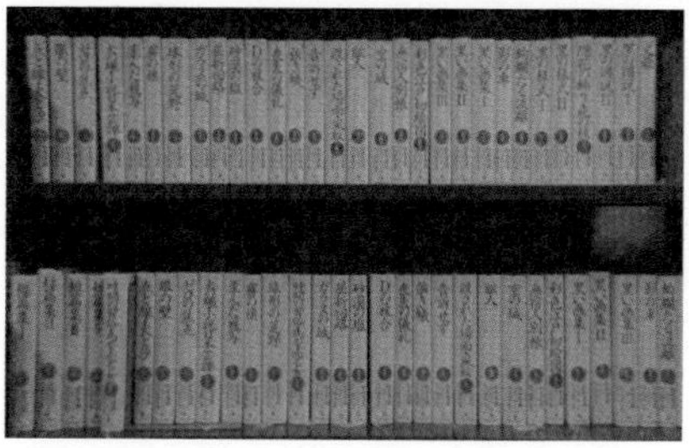

旅行往往是由一段文字、一個畫面甚至一個陳年往事開始！

松本清張是推理小說迷心目中的大師，與克麗斯汀一樣，如果沒看過松本大師的小說，千萬不要告訴別人你看過推理小說。他的作品中會有一股頹廢、孤寂與善惡分明的文風，故事中主角的故鄉往往隱藏著種種不堪回首的往事，和不可告人的祕密，或者在某個溫泉鄉發生了難以偵破的陳年懸案，或者在窮鄉僻壤、山巔水涯處發現了被害人的屍體、嫌犯的鬼魅魍魎。

當我二十五年前開始閱讀《砂之器》，就被松本營造的頹廢主角、寂寞旅情、底層小人物的掙扎深深吸引。如《零的距離》書中女主角透過到金澤北陸尋找失蹤的謎樣新婚丈夫，最後在能登半島洶湧的怒海畔，抽絲剝繭探索著丈夫的過往人生。如《點與線》書上殉情男女的最後投宿點——九州博多海灣旁的僻靜溫泉鄉「香椎」，以及嫌犯現身的青函渡輪（行駛於本州青森與北海道函館之間）。《砂之器》中的嫌犯為了成為內閣大臣的女婿，刻意隱藏身世之謎，而犯下一些惡行，書中的警探遠赴山陰的出雲查案，而嫌犯卻在東北的羽後地區故布疑陣，最後竟然在伊勢半島的鄉下戲院中找到了揭開兩代身世謎霧的關鍵線索。《歪曲的複寫》書中為了保住美好前程的稅務官員，利用東京JR中央線的地理與對當地的熟識，犯下殺人與棄屍的罪行。

他作品中出現的地點經常成為我近年遊憩的重心，如中央線的甲府、信州的白馬三湖、淡路島、金澤、北陸、東北等地，透過文字的閱讀、氣氛的溫度與實地的遊覽，閱讀與旅行之間微妙的關聯性，往往能增添不少生活的樂趣。

紀念館就座落在松本清張的故鄉——小倉，館內收藏了大師的書房、藏書

與一些他生平遺留下的照片影像和稿件真跡等，更有全世界發行的各種版本著作，以及被改編成電影或電視劇的ＤＶＤ，而紀念館自製的推理劇場影片更是館內重頭戲。松本清張紀念館就在小倉城的旁邊，書迷可以順道遊覽小倉城，我拜訪的那天正好碰到十八歲以下無料的「週日優惠」，一家四口人只要買兩張入場券（一張五百日圓），對於松本清張大師推理迷的讀者而言，到小倉一次（或許一生就這麼一次）是無價的。

讓我留下最深的印象就是，館內有一座至少三萬本藏書的松本清張生前書房，館方把松本清張位在東京的房子與書房原封不動搬回小倉，先在小倉城旁邊把他的東京故宅復原之後，便以宅院為中心蓋起紀念館，所以大師的書房與故宅就這樣被擺設在紀念館內的中心。書房的靠牆位置擺著大桌子和椅子，數不清的相關資料書籍、辭典與百科事典散放著，捲起來的圖片與地圖豎立著，地毯上還留有被香菸燒過的點點焦痕。

日本推理天后宮部美幸參訪後直呼：「簡直就像剛離席，馬上會回來似的。」

這次造訪松本清張紀念館，我是開車去的，開車有好有壞，別小看小倉這個不太大的城鎮，她位居九州與本州之間的交通樞紐，所以高架道路系統相當複雜，上下閘道花了我許多時間，從小倉要開回福岡，我就上錯了三次閘道，上一次閘道就要花五百圓，著實讓人肉疼。不過正因為是開車，所以省去許多提行李的辛勞，少了這些麻煩自然就會毫無顧忌地大肆採購，從紀念冊、雜誌書籍、杯墊、滑鼠墊、ＤＶＤ、Ｔ恤襯衫、桌布、鑰匙環……。我活生生像個

闖進Hello Kitty樂園內紀念品專賣店的凱蒂貓粉絲一般，那些「萬惡的」日本商人就是這樣讓人心甘情願、不知不覺掏出鈔票血拚，順道也貢獻一下日本經濟。

尤其是在紀念館找到電影《砂之器》的ＤＶＤ時，我興奮地在館內歡呼起來，《砂之器》是台灣四、五十歲推理迷的共同記憶，更是民國七十年代初期最紅的兩齣日本電影之一（另一片是《里見八犬傳》），更重要的是，當年看這齣電影是父親為了慶祝我考上理想高中而帶我去看的，影片中那對痲瘋病父子在五十年前的日本山區行乞，父子相依為命的親情搭配雪國的場景，我強忍著哽咽——不願因為流眼淚而遭父親的斥責，那一代的硬漢父親是不太允許兒子像個娘兒們掉淚的。

很可惜，從《砂之器》之後，我就沒有再和父親一起去看電影，直到近年，我父親有了空閒，但一輩子當工匠的父親似乎把眼睛用壞了，再也無法進電影院看電影了。不過，每次當我帶著兒子回家，我的父親總是很陶醉在與孫子一起坐在客廳看《海綿寶寶》，看父親陪孫子的模樣，再也回想不起來他當年的硬漢形象了。

松本大師《砂之器》是許多推理迷心中的經典，這齣電影從此也讓我陷入日式推理世界而無法自拔。優秀的作品中往往有所謂「旅程」的元素在裡頭，旅程除了涉及人與物之實體移動以外，當然也包括觸動回憶的心弦。

実用資訊

前往松本清張紀念館的交通方式：
如採步行方案，可從JR小倉站徒步15分，或從JR西小倉站徒步5分即達。若是搭乘公共交通工具，可在JR小倉站搭市營巴士於「北九州市役所前」下車，或搭西鐵巴士在「小倉北警察署」或「小倉城・松本清張記念館前」下車。

松本清張紀念館
福岡県北九州市小倉北区城内2番3号
http://www.kid.ne.jp/seicho/html/

第5篇

自在*開車遊日本

01

在日本開車旅行二十個問題

一、**持台灣的汽車駕照能夠在日本開車嗎？**

持台灣駕照可於日本國內開車之期間，限定於入境日本後一年內，且必須攜帶台灣駕照、台灣駕照之日文譯本與護照。記得三項都得齊備。

二、**如何申請「台灣駕照之日文譯本」？**

申請人請攜帶駕照正本及身分證正本，到全國各公路監理單位申請（可越區申請，不限定戶籍地），申請「台灣駕照之日文譯本」的費用每份新台幣一百五十元。所以我建議，為了不時之需，同行的遊伴即便不擔任日本旅遊行程中的駕駛，只要有台灣駕照，最好也一併申請。

三、**如何租車？**

如果沒有過於特殊需求的車種與天期，在租車公司的網站上就可以完成租車手續，而且不須加入會員，只要有e-mail信箱即可，還可以選擇取車與還車的地點（例如你可以在金澤的某分店借車，然後選擇在小松機場的分店還車），車的樣式，取車與還車的時間，而且網站還可以試算租賃總費用，這筆錢在取車時就得先一次付清。

除非你租車的期間很長（如超過十天），或想要承租的車種比較特殊（如九人座休旅車或雙B高級房車之類），才得事先透過國內旅行社承租；否則，都可以透過日本Toyota租車網（http://rent.toyota.co.jp/）之類租車網站事先訂車：

當然，機場租車櫃檯更是一個方便的租車途徑，通常機場租車服務人員的英文比較流利，甚至可以找到會中文的服務人員或翻譯人員幫你解說。只要你特別挑選承租的車種，一般而言，即便沒有事先約定，機場租車公司都可以幫你調度合適的車輛。不過，一旦預訂就請不要無故取消，若要取消預訂也請事先通知租車公司，讓台灣人成為日本人心目中「最有格」的旅客。

四、第一次在日本開車的目的地

根據我多次在日本開車的經驗，從東京（含周邊大關東）、橫濱、名古屋到大阪、京都、神戶，這片關東、近畿到關西區域，最好別貿然開車前往。比較適合開車的區域，最容易上手的是北海道，再來是北陸、長野、四國、東北等地；而多山的九州、四國與山陰，雖然人車稀少，但是由於山勢崎嶇，加上日本山路的某些駕駛邏輯與台灣不同，這些多山地區還是留待第二次再到日本駕車旅遊吧。

如果你的飛機班機降落時間已經是下午或晚上的話，我建議你隔天再租，因為不要一開始就手握右駕的方向盤、還一邊摸著黑夜的外國公路開車。當然，我也勸你不要在大都市租車，你可以想像一個很可怕的畫面：當你首度坐在右駕的駕駛座，靠著馬路的左邊開著車，而你與你的車正處在新宿的街頭，前方有十多個路口等著你的方向盤去猜測，這時候你人可能都傻了。

五、取車時該注意哪些細節？

當我們取車時，除了與租車公司確認一些功能是否可以正常運轉，如車燈、方向燈、雨刷、鑰匙與加油蓋以外，務必請租車公司人員教你操作車上的ＧＰＳ，因為車上的ＧＰＳ將是你駕車旅行最重要的關鍵，如果不會操作或ＧＰＳ有問題的話，繁雜程度高上台灣數倍的日本道路會把你逼瘋，若再加上左右駕駛習慣的顛倒，你的旅行將因為ＧＰＳ的因素而整個被破壞掉。

租車公司交車給你之前，會嘰嘰喳喳講一堆話，同時比手畫腳指著車子，碰到這些不用太擔心，他只是和你確認，把車子交給你之前，這部車有什麼已經存在的舊刮痕，並由技師畫了一張車況圖（上面畫出車的舊傷痕外觀）讓你簽名確認。

六、在日本右駕左行會不會不習慣？

如果你在台灣就屬於經常開車一族，且對高速公路、快速道路或山區道路駕輕就熟者，其實在日本上路後，便會發現右駕左行的不方便程度，完全沒有想像中適應困難的問題。因為正常人不會故意開到對向馬路去和人對撞，自然而然就會跟著前車靠在左邊行駛，依我的經驗，大約花二十分鐘就上手了，唯一較難克服的是方向燈與雨刷的誤用，因為日本車的方向燈及雨刷剛好和台灣相反，在日本開車打方向燈時往往會撥到雨刷，十天下來，我車子的玻璃窗硬是比別台車還要乾淨呢。

當然，碰到迴轉或圓環時，難免會有點手忙腳亂。

七、在日本開車真正的困難點？

日本的道路不論是一般道路、高速公路還是山區道路，其路面寬度比台灣的路來得狹窄，再加上右駕左行，一旦速度過快的確會造成駕駛上的心理障礙；不過，克服的方法就是降低速度，以及盡可能不要租太大型的汽車。

八、日本的ＧＰＳ方便嗎？

當租車公司將車交給你的當下，一定要當場測試ＧＰＳ有沒有故障，在日本開車若沒有ＧＰＳ的引導，簡直可以用惡夢一場、寸步難行來形容。當然，日本的ＧＰＳ系統相當人性化且方便，首先，日本ＧＰＳ的目的地設定是用電話號碼，只要輸入目的地的電話號碼，不論你與車，身在何方，ＧＰＳ自然會幫你導引路程，無須輸入平假名或片假名。當然，到日本開車旅行之前，自然要事先查清楚你的目的地與旅館的電話號碼。

車上的ＧＰＳ幫了我很大的忙，它會在下一個路口前提醒駕駛人左轉或右轉，除了地圖上的線條指標外，還會配合語音，可惜的是豐田租車系統的ＧＰＳ沒有英文語音，不過，即便是日語指引，也不會太困難，反正你只要搞懂兩個日本字：

左邊 Hi-Da-Li；右邊 Mi-Gi

九、萬一目的地沒有電話號碼該怎麼辦？

日本GPS最方便功能在於它不用輸入目的地的名字，只要輸入目的地的電話，就會自動幫駕駛人指引。譬如第一晚要住的是某某溫泉旅館，只要輸入電話號碼就可以，不過問題來了，如果你的目的地是要去立山，然而立山只是一個景點或一個地名，不是一家店鋪，就像「陽明山」不會有電話一樣。很簡單，只要事先查到立山的觀光協會，或立山火車站的電話號碼不就成了。我相信想要在國外自行開車的人不可能不事先做點功課吧！

到日本開車之前最重要的功課，就是把所有目的地的電話號碼事先找到並抄下來，而且一個地方最好要抄兩組號碼，因為有可能你要去的那家店鋪的電話號碼已經改了。譬如你要開車到京都的南禪寺，除了南禪寺的電話以外，你最好一併找到南禪寺旁邊永觀堂的電話號碼，如此一來萬一你抄的南禪寺電話號碼有異動，就可以改設定永觀堂的號碼，反正兩個地方就在隔壁。

十、上高速公路的須知？

日本道路的名稱與台灣不太相同，漢字每個字都看得懂，不過含義很可能是南轅北轍，如日本的「自動車道」就是我們的高速公路，日本的國道就差不多是台灣的一般道路，別被國道兩字嚇倒，有些國道還狹窄到無法讓兩部大客車會車呢。日本的「IC」不是半導體，別看到金澤東IC的標誌就誤認成金澤東半導體公司（感覺上也滿像有這麼一回事的）；IC是交流道，PA是高速公路邊的停車場，有點像台灣二高旁木柵那一個，提供短暫停車休息與如廁的需求，最多就擺幾台販賣機罷了。而ＳＡ就是所謂的休息站，有些ＳＡ休息站相當大型，像我在長野的諏訪ＳＡ還看到有溫泉與超市。此外，還有一種交流道叫做ＪＣＴ，對！就是系統交流道。

日本的道路不是依東西向或南北向來指引，像我們台灣的道路就是北上南下或東向西向，但日本的交流道，兩個入口標的是「上行」與「下行」，所謂的上行就是往東京的方向，所謂的下行就是往東京的反方向。譬如當你開車在大阪與東京之間的名古屋，如果你要開到東京，當你在高速公路入口時就必須找到「上行」，如果你要去大阪，就請開往下行的入口，如果你在大阪要開到名古屋呢？答案就是要找上行的閘道。

十一、高速公路的收費須知？

再來談談高速公路的收費站好了，我們外國人要申請ＥＴＣ相當麻煩，且一般的租車公司也傾向不出租配ＥＴＣ的車給觀光客。日本的自動車道收費是在下交流道離開高速公路前一次收取整段的費用，所以一旦你開上自動車道之前請選擇「一般」入口，而不要選擇「ＥＴＣ」入口；當你開到一般入口時，會有一台機器吐一張單券給你，上邊記載著「進入時間」與「進入的ＩＣ」。日本自動車道四通八達，你可以從南邊的鹿兒島上自動車道，一路開到本州北方的青森，再離開自動車道，反正只要在你下交流道時記得一樣選擇「一般」

的「料金所」出口，出口採用人工收費，然後把那張入場券交還給收費歐吉桑，他把票券往電腦一插，立刻計算你該付的過路費用，當然你不用煩惱語言不通，收費亭前方會有一個LED燈顯示你該繳納的「料金」（意即費用）。

就連車上的GPS導航系統都可以幫駕駛人計算料金。

十二、高速公路的收費多寡？

日本的過路費真的很貴，舉例從東京開到名古屋，里程數是三百二十六公里，差不多是台北到高雄之間的距離，在台灣的收費是三百六十元，在日本開這樣一段路的通行費是七千二百日圓，折合台幣大概是二千五百元，日本過路費將近是台灣的七倍，此外，日本兩個最短距離IC之間的收費就要三百日圓，也就是說十公里左右就要付最低消費額一百塊新台幣。

難怪當年呂明賜在日本打職棒時，經常過著用泡麵果腹的日子。

十三、至於觀光客要不要開上高速公路？

我強烈建議應該開上高速公路。第一、好不容易安排一趟長期間的異國駕車之旅，別過於計較這些收費。第二、日本的幅員其實很廣闊，地圖上短短兩個景點之間，往往都有數小時的車程。第三、除非你開在關東－關西之間，否則日本高速公路的車流量不會太大，加上日本完美的道路品質與守法的開車秩序，在日本開車稱得上相當舒服。

十四、開車旅行的里程計畫

除了感情與家人以外，數字是最好用的東西，回歸數據的世界一切都會變得單純，開車旅遊更是如此，在日本開車實在相當合乎人性，因為人性奠基於科技的輔佐，而科技的根源就在數字與統計。日本高速公路有一個檢索網站：http://www.driveplaza.com/

這個網站可以把你上下高速公路的里程、料金都計算得一清二楚，開車旅行有了里程的數據，搭火車旅行者有了時刻表的數據後，至少就能知道自己有多少時間，必須承受多少限制，才不會像股市中的散戶，經常不知天高地厚亂闖危境，連自己可以承擔多少風險都沒有概念，就隨意聽信明牌進場。

這個高速公路的檢索讓旅程的安排上，有個比較清楚的輪廓，畢竟，若連主行程的高速公路都搞不清楚里程數的話，安排起來恐怕會十分不便，如果開車里程太長，除了造成趕路以致行程「囫圇吞棗」、「走馬看花」外，開車者的疲憊與安全也是很大的問題；相反的，行程若排得太短，則失去租車駕車的意義。

有了里程數的數據就可以產生清楚的遊憩範圍，譬如本來的計畫是一下飛機就在北海道札幌的千歲機場租車，然後駕車到函館欣賞世界三大夜景（另外兩個是香港維多利亞港、義大利拿坡里）。

讓我們來計算一下第一天旅程的可行性，下飛機出海關的時間已經是下午三點多，取到車的時間已經是下午四點，那麼，地圖上千歲機場到函館看起來好像不遠，都在北海道的西南角落。

但可不可行？一檢索便知，千歲機場到函館最近的交流道就有一百九十一公里，而下交流道後走一般的國道，又有大約七十公里的路程，合計兩百六十公里的路程。況且，上路前還得先摸清楚車況與適應右駕的感覺，加上休息時間，一趟下來恐怕至少要四個半小時。有了數字就可以不被浪漫沖昏頭，然而卻真的有旅行團如此安排，於是第一天從北海道千歲機場下飛機後，就一路拉車拉到晚上八點才到函館吃晚餐，吃完晚餐後九點多才上函館山看夜景，東拖西延直到晚上十一點才能check-in旅館。

十五、日本的加油須知？

如何在日本加油？要點有三：

1、加一般汽油——レギュラー（Regular）

2、盡量找人工加油

3、不要複雜化

日本的加油站相當多，除非旅遊的地方是類似屋久島那種偏遠的小離島，否則以日本本州而言，加油站之間的最遠距離很少超過二十公里。所以，除非你忘記加油這碼子事，否則應該不必煩惱找不到加油站才對，而在GPS導航系統上，代表加油站的符號是GS（gas station），萬一你真的不幸找不到加油站，而必須在路上問路的話，別慌張，拿起筆紙寫下「給油取扱所」五個漢字，或更簡單地寫「給油所」，就可以讓日本當地的「土著」知道你所問的問題了。

レギュラー：在日本的加油站，沒有像台灣分成九二、九五、九八三級，只分成一般汽油與輕油（就是柴油）兩種，了不起在酷寒的北海道地區還供應一種「灯油」，除非你租的汽車是「柴油車」，否則就只有一種選擇：Regular汽油。如果你碰到的是人工加油站，當你打開加油孔以後，只要跟加油工人講兩個字：

「REGULAR」！以及第二個字：「FURU」（音唸成「婦孺」）。

第一個字就是一般汽油，這趟旅程我一共在人工加油站加了三次，直接用英文的Regular發音，溝通上都沒有問題（日本人的發音是re-gyu-la，請盡可能地入境隨俗，發音不要太標準）。

第二個字就是加滿（full），日本人的加滿油是借英文字的full而來，可是他們就會唸成「婦孺」，就像日本人將開水唸成「臥打」（water怎麼會唸成「臥打」，我真的很納悶）。

十六、人工加油與自動加油站

日本的加油站分成人工加油與自動加油，或許我是在油價最高峰的時間點去開車加油吧，人工加油與自動加油的價差不是很大，以我的觀察，兩者的油價每公升相差五至七日圓，如果以咱們觀光客四到六天的開車行程而言，幾天下來，人工加油的油錢頂多貴個一、兩千日圓，所以就別太斤斤計較非得找到自動加油站不可。況且人工加油可以省去許多操作的麻煩，許多人工加油站還可以免費擦擦玻璃，而我碰過最貼心的人工加油站是在松本市郊，擦完玻璃還幫你免費輪胎充氣，以及到它的小商店去消費超過五百元日圓就附送洗車呢，所以，盡可能別去省那一點小錢而去找自動加油站。

萬不得已只碰到自動加油站的話，先注意，加油槍有兩種，一種類似我們台灣的那種，另一種比較奇怪，它的加油槍掛在天花板，找不到加油機器就請你抬起頭舉起手拉下加油槍。

加油槍的選擇很簡單，一樣找一般汽油那支加油槍（通常是紅色的），然而在這之前請先做兩件事：

1、操作加油槍上的機器：操作方式有點像ATM，不管它有多少選項，只是要問你兩個問題，一是加什麼油，當然你就按一下「レギュラー」，接著會問你第二個問題，你要加多少，無論上面有多少選項，你就按下「滿タン」這個按鍵，或者只要認「滿」這個漢字就可以了。

2、除靜電：來過日本玩的人都知道，靜電莫名其妙的強，有時候還會迸出火花，所以請務必先去觸摸那個黑色除靜電鈕，加油槍上面會有個手掌狀的圖樣，你把要操作加油的那隻手壓在手掌狀的圖樣上，按一下旁邊的除靜電鈕，就大功告成。

加完油以後，加油槍的機器會顯示金額，而機器的螢幕下方有個類似自動販賣機的付鈔口，你把鈔票平放在付鈔口，機器就會自動找零，當你完成付錢以後，機器會吐一張收據給你，這時你就完成了加油的動作了。

付款的方式還有一種先付款後加油的，程序也一樣，先選擇要加的油種，然後選擇「滿タン」，接下來你可以先付個兩三張千元日圓紙鈔進去，反正機器會自行計算，如果兩千元日圓還不夠加滿時，你就再丟一些錢進機器即可。然而，當油槍加滿油的時候，自動加油機也會自動找零錢給你。如果你要省去麻煩的話，乾脆一開始就先付給機器五千或一萬日圓，讓機器找你錢，這樣比較省事。

有些加油站的付鈔與找零並沒有放在同一台機器，也就是說有另一台找零機。

一般自助加油有三種選擇，可以定量（十公升、二十公升……）、定價（一千日圓、二千日圓……），或是加滿。我們去的那家加油站設備很新穎（不知道其他加油站是不是也這樣），如果放入的紙鈔比加油所需費用還多，而要找零的話，只要加完油拿著收據到另一台找零機，機器便會掃描收據上的條碼，然後把該找零的金額還給客戶，還滿好玩的。退一萬步想，萬一你到自動加油站碰到操作問題，還是可以召喚加油站的員工，他會在一旁指導你如何操作自動加油機。

無論如何，回到租車的最原點，再度提醒到外國租車旅客，取車時請先確認加油孔的位置與其開、關的操作方法，因為加油要先打開油箱蓋。

十七、停車問題

日本的停車場相當普遍，除非開進東京大阪之類的大都市，其他一些中小型城市，以我的經驗，還沒有發生找不到停車位的困擾，日本的停車場與台灣很類似，進場時抽一張停車計時券之類的，出場時再將停車券插入讀卡機，然後依照指示的金額投幣，不過我倒碰過許多不用抽停車券的，那些自然是所謂的計次停車場。

右駕左行比較會讓人困擾的是碰到停車的情形，畢竟停車必須要有比較細膩的技術，坐在右邊駕駛座確實會有點手忙腳亂，關於這點，我認為應該還是一兩天就習慣了，不然就選擇一些鄉間景點，盡量別在中大型都市中逗留太久。不過，話說回來，駕車旅行的目的不就是想要深入山林鄉間等大眾交通不方便的地方嗎？

十八、萬一在路上拋錨？

租車時請租車公司提供日本全國道路救援電話之類的資訊，並請租車公司提供可以操英文或中文的緊急服務電話。所以，租車還是選擇跨全日本經營的三大汽車公司旗下的租車公司，才有比較多的相關資訊與救援服務。

十九、兩條輕鬆入門的五天四夜日本駕車路線（一）

名古屋－北陸－金澤

	駕車起點	駕車途徑	沿途景點	駕車里程	駕車終點（住宿）
Day1	中部國際機場	中部機場－名古屋－下呂	下呂溫泉	180公里	下呂溫泉
Day2	下呂溫泉	下呂溫泉－高山－新穗高溫泉	高山、飛驒古川、新穗高溫泉	120公里	新穗高溫泉
Day3	新穗高溫泉	新穗高溫泉－上高地－白骨溫泉－白川鄉－金澤	上高地、白骨溫泉	160公里	白骨溫泉
Day4	金澤	白骨溫泉－白川鄉－金澤	乘鞍高原、合掌村、兼六園、金澤市區	180公里	金澤
Day5	金澤	金澤－小松機場	永平寺、恐龍博物館	160公里	小松機場

採取甲地租乙地還的方式

二十、兩條輕鬆入門的五天四夜日本駕車路線（二）

福岡－北九州－福岡

	駕車起點	駕車途徑	沿途景點	駕車里程	駕車終點（住宿）
Day1	福岡機場	福岡機場－湯布院	太宰府、九州國立博物館	130公里	湯布院溫泉
Day2	湯布院溫泉	湯布院－阿蘇火山－黑川溫泉	湯布院、阿蘇火山、草千里	100公里	黑川溫泉
Day3	黑川溫泉	黑川溫泉－熊本－佐賀－豪斯登堡	熊本城、柳川、豪斯登堡	180公里	豪斯登堡
	駕車起點	駕車途徑	沿途景點	駕車里程	駕車終點（住宿）
Day4	豪斯登堡	豪斯登堡－佐世保－福岡	豪斯登堡、九十九島	150公里	福岡（還車）
Day5	返回台北				

由於福岡飛台北的班機多半是中午之前，且機場可以租還車，加上這裡距離市區相當近（五分鐘的電車時間就到博多站），我建議前一天開回福岡機場先還車，然後入宿福岡市區，還能逛逛街、購物、吃九州拉麵。

02

如何上網訂日本旅館

由於網路發達，現在到日本住宿已經無須透過旅行社代訂，自遊者可以透過網路訂房系統去預訂自己想要住宿的旅館，甚至可以指定自己想要的房型、餐點內容與特殊服務，我比較常用的是Jalan這個日本訂房網站，她的網址是：

http://www.jalan.net/

登入後，訂房流程如下（範例為四國小豆島國際Hotel七月八日）：

1. 點選你要預訂的區域

2. 點選要前往的縣、府

3. 選擇地點

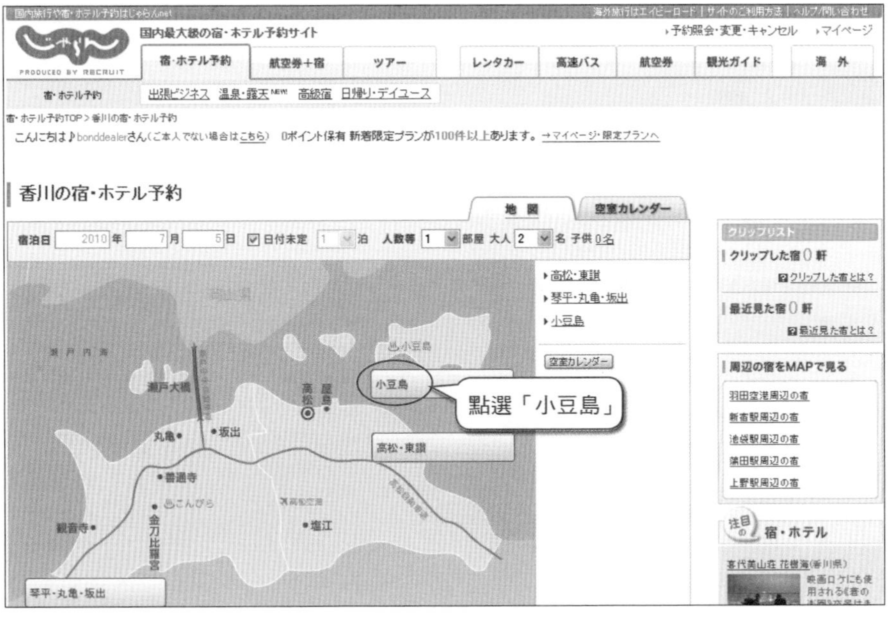

4. 選擇該區域自己要預訂的飯店

5. 選擇房型

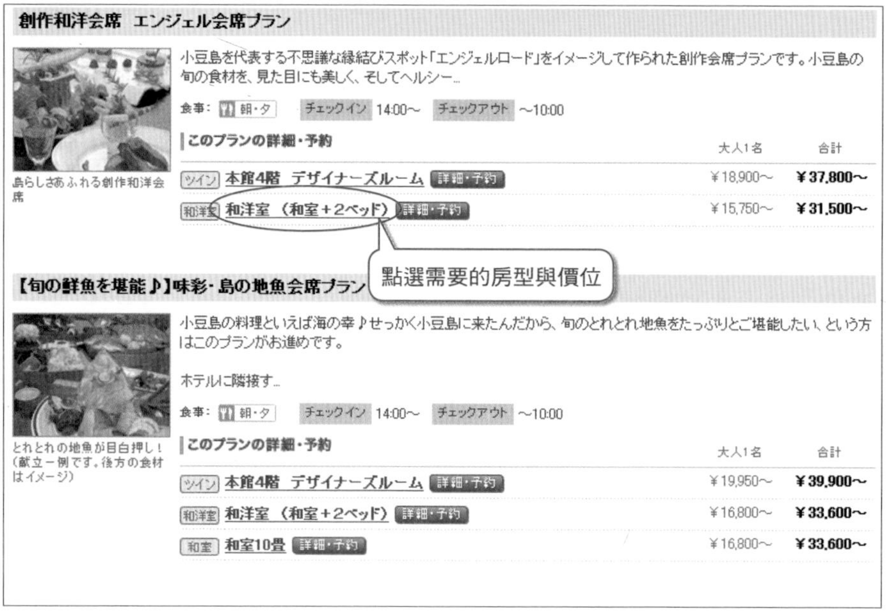

6. 選擇房數、人數與預訂時間

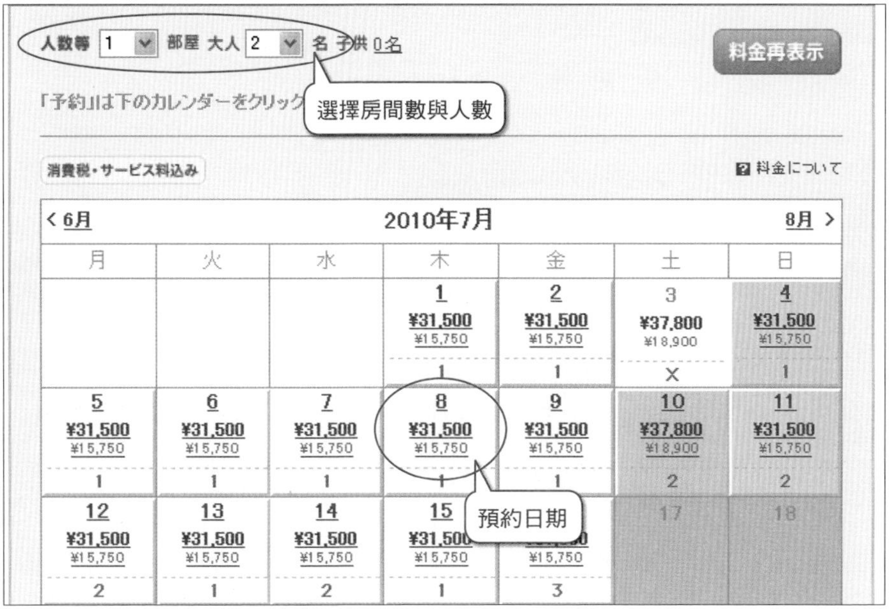

7. 確認預訂的時間，以及check in時間

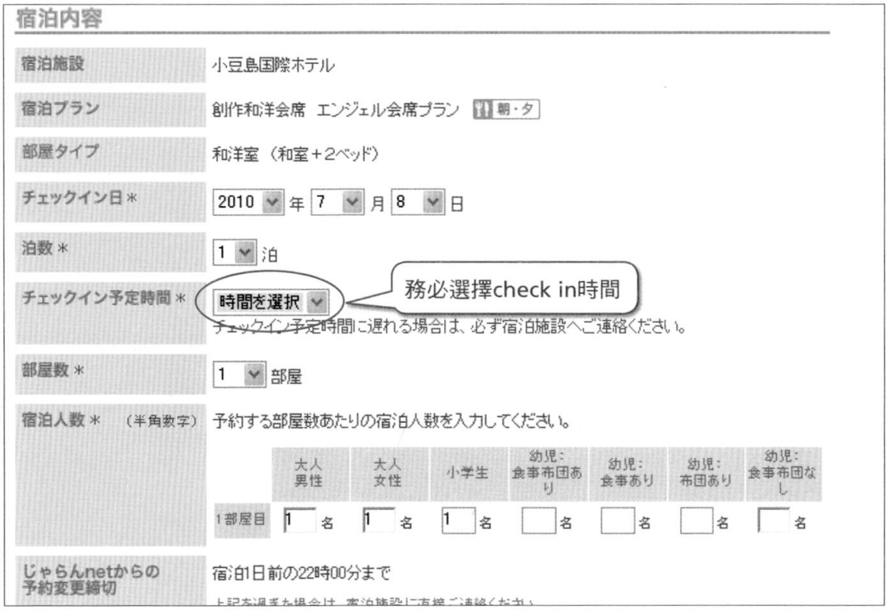

電話番号＊ （半角数字）	03-9999-9999 （例）03-9999-9999 宿泊施設からご連絡さしあげることもございますので、携帯電話など、 連絡のとりやすい番号を入力して下さい。
年代	40-49才
予約者メールアドレス	予約完了時に、下記のアドレスにメールをお送りします。 **bonddealer.tw@yahoo.com.tw** 連結しているIDから予約変更・キャンセルをする際には、予約時アドレスと 上記のアドレスにメールをお送りします。
予約者氏名	huang kuohua

予約金・キャンセル規定・料金特記

予約金 ? 予約金とは	キャンセル規定 ? キャンセル規定とは
予約金：不要	一人当たりの料金（ルームチャージはルームあたり） 3日～2日前　：宿泊料金の20% 1日前　：宿泊料金の30% 当日　：宿泊料金の50% 無連絡キャンセル：宿泊料金の100% 無断不泊の場合は宿泊料金の100%

料金特記

中学生以上は、別途入湯税が150円かかります。
小学生のお子様がお子様ランチの場合は、大人料金の50%になります。
上記の幼児の食事は、お子様ランチになります。

次へ

核對資料皆正確後即可確認預約

旅客可以先在該網站註冊（免費），待帳號開啟後，便可以在該網站預訂想要投宿旅館的日期、天數、房間數、餐點型態等，預訂時無須事先支付現金，譬如我想要向「小豆島国際ホテル」預訂兩間2010年7月8日入宿的房間，預訂完成後Jalan會寄一封主旨如「小豆島国際ホテル予約確認」的電子信件給我，信件的內容如下：

このたびは、小豆島国際ホテルをご予約いただき誠にありがとうございます。
ご予約いただいた内容をお知らせします。
予約受付日時:2010年07月08日14:03
予約番号:07AP1CP9
宿泊代表者氏名:ｈｕａｎｇ ｋｕｏｈｕａ 様

此為預約編號
入宿前務必記下或列印此編號

宿名:小豆島国際ホテル
電話番号:0879-62-2111
所在地:〒761-4106 香川県小豆郡土庄
チェックイン日時:2010年07月08日14:00
宿泊日数:1泊
部屋タイプ:本館４階　デザイナーズルーム
部屋数:2室
プラン名:【早期予約がお得!】早割30宿泊プラン
プラン内容:1ヶ月以上前にご予約いただければ、ご宿泊料金が通常料金より「2000円」もお得になるプランです。
例:8/7(土)２名様利用　通常予約の場合お一人当たり　20475円→　早割りだと　18375円２名さま合計で4200円もお得!　ご夕食は、和食会席・バーベキュー・洋食の３種類から選ぶことができますよ。早めのダンドリで、お得に小豆島旅行を楽しんじゃいましょう♪
【お部屋】和洋室(31㎡・５名定員)もしくはデザイナーズルーム(30㎡・４名定員)窓からは恋人の聖地「エンジェルロード」の神秘的な満ち引きの様子をはじめ、ため息の出るような瀬戸内の多島美を一望できます。

此為你的預約明細
以及飯店相關介紹
或接駁巴士與其他規定

【お食事】ご夕食－和食会席・洋食コース・バーベキューのいずれかでチョイスご朝食－和洋バイキング
＊７月１７日～８月２９日の期間に、ご夕食を和食でご選択いただいた場合、ファミリーバイキングでのご用意となります。
【プラン特典】チェックインの際、小豆島観光特典チケットを進呈（小豆島内の観光地入場料の割引券などがセットになっております）
＊土庄港からの無料マイクロバス送迎もございます。お気軽にお申し付けください。（事前予約要）
食事：朝あり
　　夕あり
宿からの質問：ご夕食内容を和食、洋食、バーベキューのいずれかからお選び、ご記入ください（7/17～8/29の和食はバイキングとなります）：
宿からの質問への回答：以下の画面から予約状況照会の詳細にてご確認いただけます。
宿への要望：以下の画面から予約状況照会の詳細にてご確認いただけます。
http://www.jalan.net/frame/menu_yoyaku.html

キャンセル規定：
　3日～2日前：宿泊料金の20%
　1日前：宿泊料金の30%
　当日：宿泊料金の50%
　無連絡キャンセル：宿泊料金の100%
　無断不泊の場合は宿泊料金の100%

這是飯店的取消規則
越晚通知取消罰金越重

料金明細
（1泊目）
　（1部屋目）
　　18,375円（大人）× 2名
　（2部屋目）

18,375円(大人)× 2名
小計:73,500円

這是含稅費用總和
以及是否使用優惠點數

合計:73,500円(税込・サービス料込)
利用ポイント:0ポイント
ポイント割引後:73,500円(税込)
支払料金:73,500円(税込・サービス料込)
料金特記事項:中学生以上の方お一人当たりにつき、150円の入湯税が必要になります。

★チェックインの時間の変更や予約金・料金確認など詳細のお問合せにつきましては、
下記宿泊施設まで直接ご連絡下さい★

若有任何變更與疑問
可直接聯絡飯店

宿名:小豆島国際ホテル
電話番号:0879-62-2111

予約を変更・キャンセルされる際はこちらの画面からお願いします。
ネットからの変更・キャンセル期限を過ぎている場合は直接宿泊施設へご連絡ください。
http://www.jalan.net/frame/menu_yoyaku.html

附註:

1. 日本是十分重視承諾、約定與守時的國家,所以,為了不要丟台灣人的臉,在Jalan網站預訂後,請務必一定要前往。
2. 請務必注意取消規定,就算提前取消也是會有罰金。
3. 如果你入境日本,有預訂Jalan的飯店卻沒有入住,可能離境時就必須償還罰金才能登機;或是下次入境日本時必須先償還罰金才可以入境。
4. 若要接駁巴士,要提前透過e-mail或電話跟飯店聯絡,以便對方飯店事先安排。

國家圖書館出版品預行編目資料

不只是旅行：那些我在旅途中體悟的人生真義
／黃國華作；-- 初版. -- 臺北市：商周出版：
城邦文化發行，2010.12
面； 公分.

ISBN 978-986-120-453-6（平裝）

1. 自助旅行 2. 日本

731.9 99022401

新商業周刊叢書 BW0392

不只是旅行：那些我在旅途中體悟的人生真義

作　　者／黃國華
企畫選書／陳美靜
校　　對／羅惠馨
責任編輯／吳瑞淑
副總編輯／陳美靜
總 經 理／彭之琬
行銷業務／莊英傑、蘇魯屏、周佑潔、何學文、林詩富

發 行 人／何飛鵬
法律顧問／台英國際商務法律事務所 羅明通律師
出　　版／商周出版
臺北市中山區民生東路二段 141 號 9 樓
電話：(02) 2500-7008　傳真：(02) 2500-7759
商周部落格：http://bwp25007008.pixnet.net/blog
E-mail：bwp.service@cite.com.tw
發　　行／英屬蓋曼群島商家庭傳媒股份有限公司　城邦分公司
臺北市中山區民生東路二段 141 號 2 樓
讀者服務專線：0800-020-299　24 小時傳真服務：02-2517-0999
讀者服務信箱 E-mail：cs@cite.com.tw
劃撥帳號：19833503 戶名：英屬蓋曼群島商家庭傳媒股份有限公司城邦分公司
訂購服務／書虫股份有限公司客服專線：(02)2500-7718；2500-7719
服務時間：週一至週五上午 09:30-12:00；下午 13:30-17:00
24 小時傳真專線：(02)2500-1990；2500-1991
劃撥帳號：19863813　戶名：書虫股份有限公司
E-mail：service@readingclub.com.tw
香港發行所／城邦（香港）出版集團有限公司
香港灣仔駱克道 193 號東超商業中心 1 樓
電話：852-2508 6231　傳真：852-2578 9337
E-mail：hkcite@biznetvigator.com
馬新發行所／城邦（馬新）出版集團
Cité (M) Sdn. Bhd. (45837ZU)
11, Jalan 30D/146, Desa Tasik, Sungai Besi, 57000 Kuala Lumpur, Malaysia.
電話：603-90563833　傳真：603-90562833　E-mail：citekl@cite.com.tw

封面、內頁設計／林麗華、黃淑華　內文排版／林燕慧
印　　刷／鴻霖印刷傳媒有限公司
總 經 銷／聯合發行股份有限公司　電話：(02)29178022　傳真：(02)29156275
行政院新聞局北市業字第 913 號

■ 2010 年 12 月 9 日初版 1 刷
■ 2010 年 12 月 24 日初版 16 刷
Printed in Taiwan

定價 380 元
ISBN 978-986-120-453-6

商周出版

廣 告 回 函
北區郵政管理登記證
台北廣字第000791號
郵資已付，免貼郵票

104台北市民生東路二段 141 號 2 樓

英屬蓋曼群島商家庭傳媒股份有限公司

城邦分公司　收

請沿虛線對摺，謝謝！

商周出版

書號: BW0392	書名: 不只是旅行

請於此處用膠水黏貼

商周出版

讀者回函卡

謝謝您購買《不只是旅行》一書！請在2010年1月31前（以郵戳為憑）完整填妥回函卡寄回商周出版（傳真與影印無效），就有機會跟著總大的腳步去旅行。獎項：台北—大阪來回機票一張；三套已絕版、買不到的黃國華好書——《人生遊記I、II、III》。祝您幸運中獎！

備註：機票市價約20,000元，實際價格依當時市場狀況而定。
得獎名單將於2月10日電話通知中獎者並公布在城邦讀書花園網站。（www.cite.com.tw）

姓名：＿＿＿＿＿＿＿＿＿＿＿＿＿＿＿ 性別：□男 □女

生日：西元＿＿＿＿＿＿年＿＿＿＿＿＿＿月＿＿＿＿＿＿＿日

地址：＿＿＿＿＿＿＿＿＿＿＿＿＿＿＿＿＿＿＿＿＿＿＿＿＿

聯絡電話：＿＿＿＿＿＿＿＿＿＿＿ 傳真：＿＿＿＿＿＿＿＿＿＿＿

E-mail：＿＿＿＿＿＿＿＿＿＿＿＿＿＿＿＿＿＿＿＿＿＿＿＿＿

學歷：□1.小學 □2.國中 □3.高中 □4.大專 □5.研究所以上

職業：□1.學生 □2.軍公教 □3.服務 □4.金融 □5.製造 □6.資訊
□7.傳播 □8.自由業 □9.農漁牧 □10.家管 □11.退休
□12.其他＿＿＿＿＿＿＿＿＿＿＿＿＿＿＿＿＿＿＿

您從何種方式得知本書消息？

□1.書店 □2.網路 □3.報紙 □4.雜誌 □5.廣播 □6.電視
□7.親友推薦 □8.其他＿＿＿＿＿＿＿＿＿＿＿＿＿＿＿＿

您通常以何種方式購書？

□1.書店 □2.網路 □3.傳真訂購 □4.郵局劃撥 □5.其他＿＿＿＿

您喜歡閱讀哪些類別的書籍？

□1.財經商業 □2.自然科學 □3.歷史 □4.法律 □5.文學
□6.休閒旅遊 □7.小說 □8.人物傳記 □9.生活、勵志 □10.其他

對我們的建議：＿＿＿＿＿＿＿＿＿＿＿＿＿＿＿＿＿＿＿＿＿＿＿
＿＿＿＿＿＿＿＿＿＿＿＿＿＿＿＿＿＿＿＿＿＿＿
＿＿＿＿＿＿＿＿＿＿＿＿＿＿＿＿＿＿＿＿＿＿＿

請於此處用膠水黏貼